U0455639

经典诗文读本

王文媛　主编

编委：安　娜　郭亮宇　刘晨晨
　　　李　莉　庞小青　曲雪峰
　　　孙秀兰　魏　芳　朱　媛

北京燕山出版社

图书在版编目（CIP）数据

经典诗文读本 / 王文媛编著. -- 北京 ： 北京燕山出版社，2018.5
ISBN 978-7-5402-5137-6

Ⅰ．①经… Ⅱ．①王… Ⅲ．①古典诗歌－诗集－中国
②古典散文－散文集－中国 Ⅳ．①I211

中国版本图书馆CIP数据核字(2018)第118460号

责任编辑　李涛

出版发行　北京燕山出版社
地　　址　北京市宣武区陶然亭路53号（邮编：100054）
电　　话　（010）63537006（总编室）
印　　刷　北京楠萍印刷有限公司印刷
开　　本　148×225毫米　1/16
字　　数　114千字
印　　张　13.5印张
版　　次　2018年8月第1版
印　　次　2018年8月第1次印刷
定　　价　48.00元

版权所有　翻印必究

前　言

2014年3月26日教育部印发的《完善中华优秀传统文化教育指导纲要》指出，加强对青少年学生的中华优秀传统文化教育，要以弘扬爱国主义精神为核心，以家国情怀教育、社会关爱教育和人格修养教育为重点，着力完善青少年的道德品质，培育理想人格，提升政治素养。《纲要》要求把中华优秀传统文化融入课程和教材体系，有序推进中华优秀传统文化教育。习近平总书记在讲话中指出："中华优秀传统文化是中华民族的精神命脉，是涵养社会主义核心价值观的重要源泉，也是我们在世界文化激荡中站稳脚跟的坚实根基。"习总书记就中华优秀传统文化的传承与弘扬多次作出重要指示，为新形势下加强中华优秀传统文化教育指明了方向，提供了强大动力。为此，结合我院学生文化程度参差不齐（高中生、初中生、小学生）的实际情况，本着通俗易懂的原则，我们组织教师编写了中华优秀传统文化普及读物《经典诗文读本》，旨在通过课上课下的学习诵读，培养学生做有自信、懂自尊、能自强、高素养、讲文明、有爱心、知荣辱、守诚信、敢创新的中国人。

　　在编写过程中我们得到了学院各级领导的重视和支持，也得到了学界同仁的指导与帮助；同时还参考了不少出版社的书籍，在此一并表示诚挚的谢意。由于编写水平有限加之时间仓促，书中不足之处在所难免，敬请读者批评指正。

王文媛

目　录

修身养德

励志明理

论学读书

家国情怀

山水田园

常礼举要

修身养德

大学之道

先秦·《礼记》

　　大学之道，在明明德，在亲民，在止于至善。知止而后有定；定而后能静；静而后能安；安而后能虑；虑而后能得。物有本末，事有终始。知所先后，则近道矣。

　　古之欲明明德于天下者，先治其国；欲治其国者，先齐其家；欲齐其家者，先修其身；欲修其身者，先正其心；欲正其心者，先诚其意；欲诚其意者，先致其知；致知在格物。物格而后知至；知至而后意诚；意诚而后心正；心正而后身修；身修而后家齐；家齐而后国治；国治而后天下平。

　　自天子以至于庶人，壹是皆以修身为本。其本乱而末治者否矣。其所厚者薄，而其所薄者厚，未之有也。此谓知本，此谓知之至也。

【题解与大意】

曾子（公元前505年—公元前435年），名参（shēn），字子舆，春秋末年鲁国南武城（今山东省嘉祥县）人。中国著名的思想家，孔子的晚期弟子之一，与其父曾点同师孔子，是儒家学派的重要代表人物。

大学的宗旨在于弘扬光明正大的品德，在于使人弃旧图新，在于使人达到最完善的境界。"大学"一词在古代有两种含义：一是"博学"的意思；二是相对于小学而言的"大人之学"。古人八岁入小学，学习"洒扫应对进退、礼乐射御书数"等文化基础知识和礼节；十五岁入大学，学习伦理、政治、哲学等"穷理正心，修己治人"的学问。

这里所展示的，是儒学三纲八目的追求。所谓三纲，是指明德、亲民、止于至善。它既是《大学》的纲领旨趣，也是儒学"垂世立教"的目标所在。所谓八目，是指格物、致知、诚意、正心、修身、齐家、治国、平天下。它既是为达到"三纲"而设计的条目功夫，也是儒学为我们所展示的人生进修阶梯。"穷则独善其身，达则兼善天下"的大学之道，铸造了一代又一代中国知识分子的人格心理，时至今日，仍然在我们身上发挥着潜移默化的作用。

诫伯禽书

西周·周公

君子不施其亲，不使大臣怨乎不以。故旧无大故则不弃也，无求备于一人。

君子力如牛，不与牛争力；走如马，不与马争走；智如士，不与士争智。

德行广大而守以恭者，荣；土地博裕而守以俭者，安；禄位尊盛而守以卑者，贵；人众兵强而守以畏者，胜；聪明睿智而守以愚者，益；博文多记而守以浅者，广。去矣，其毋以鲁国骄士矣！

【题解与大意】

周公，姓姬名旦，周文王第四子，武王的弟弟，是西周初期杰出的政治家、军事家、思想家和教育家，被尊为"元圣"和儒学先驱，因其采邑在周，爵为上公，故称周公。

周公的《诫伯禽书》是中国第一部家训。周武王灭商后，将周公旦封在了鲁地，但是他因为辅佐朝政，并没有去就封，而是让儿子伯禽代为治理。《诫伯禽书》是在伯禽去封地之前，周公告诫儿子的一段话。这段话紧紧围绕"德行"二字展开，以富有辩证思想的语言阐释了德行的内涵，并提出，只有具备"土地广阔富饶而用节俭的方式生活，官高位尊而用卑微的方式自律，兵多人众而用畏怯的心理坚守，聪明睿智而用愚陋处世，博闻强记而用肤浅以自谦"的态度，才能真正获得"平安、尊贵、智慧"的生活。

道德经（节选）

先秦·老子

上善若水。水善利万物而不争，处众人之所恶，故几于道。居善地，心善渊，与善仁，言善信，正善治，事善能，动善时。夫唯不争，故无尤。

持而盈之，不如其已；揣而锐之，不可长保；金玉满堂，莫之能守；富贵而骄，自遗其咎。功遂身退，天之道。

曲则全，枉则直，洼则盈，敝则新，少则得，多则惑。是以圣人抱一为天下式。不自见故明；不自是故彰；不自伐故有功；不自矜故长；夫唯不争，故天下莫能与之争。古之所谓"曲则全者"，岂虚言哉！诚全而归之。

人之生也柔弱，其死也坚强。草木之生也柔脆，其死也枯槁。故坚强者死之徒，柔弱者生之徒。是以兵强则灭，木强则折。强大处下，柔弱处上。

信言不美。美言不信。善者不辩。辩者不善。知者不博。博者不知。圣人不积。既以为人己愈有，既以与人己愈多。天之道，利而不害；圣人之道，为而不争。

【题解与大意】

老子（传说生卒于公元前600年左右—公元前470年左右），姓李名耳，又名老聃，字伯阳，春秋时期杰出的思想家。其著作《道德经》含有丰富的辩证法思想。老子哲学与古希腊哲学一起构成了人类哲学的两座高峰，老子也因其深邃的哲学思想而被尊为"中国哲学之父"。

老子的思想被庄子所传承，并与儒家和后来的佛家思想一起构成了中国传统思想文化的内核。道教出现后，老子被尊为"太上老君"；从《列仙传》开始，老子就被尊为神仙。

老子哲学思想中很重要的一点就是"道法自然"，他赋予此四字的是人与道的关系，说到底就是人要按照自然规律办事，像"曲则全，枉则直""信言不美"等句就是老子从大自然中悟到：宇宙万物是相生相克的，可以互相转化的，人们不应该只贪图眼前的利益得失，急功近利，要学会透过事物的表面看本质。老子还有一个著名的观念，叫做柔弱胜刚强，就是柔软、弱小的东西，比如善于处下的水，最后能够战胜一切坚硬、刚强的东西，所以人要向自然学习，懂得低调做人的道理。

　　文中有一些字词比较难懂，如第一则中"正善治"，意为"政见善于管理国家"；第二则中"不如其已"，意为"不如适可而止"；第三则中"不自见故明"，"见"同"现"，显现之意；第四则中"坚强"意为"坚硬、僵硬"；第五则中"知者不博"的"知"同"智"，智慧之意；"既以为人己愈有，既以与人己愈多"一句意为"圣人以尽其所能帮助别人为乐，以尽其所能给予别人为乐，助人越多越感充实，给予别人越多自己越觉得富足"。

论语（节选）

先秦

子曰："弟子，入则孝，出则弟，谨而信，泛爱众而亲仁。行有余力，则以学文。"

——《学而》

子贡曰："贫而无谄，富而无骄，何如？"子曰："可也，未若贫而乐，富而好礼者也。"

——《学而》

子曰："躬自厚而薄责于人，则远怨矣。"

——《卫灵公》

或曰："以德报怨，如何？"子曰："何以报德？以直报怨，以德报德。"

——《宪问》

子曰："饭疏食饮水，曲肱而枕之，乐亦在其中矣。不义而富且贵，于我如浮云。"

——《述而》

子曰："富与贵，是人之所欲也；不以其道得之，不处也。贫与贱，是人之所恶也；不以其道得之，不去也。君子去仁，恶乎成名？君子无终食之间违仁，造次必于是，颠沛必于是。"

——《里仁》

子曰："君子怀德，小人怀土；君子怀刑，小人怀惠。"

——《里仁》

子曰："参乎！吾道一以贯之。"曾子曰："唯。"子出，门人问曰："何谓也？"曾子曰："夫子之道，忠恕而已矣。"

——《里仁》

子曰："见贤思齐焉，见不贤而内自省也。"

——《里仁》

子曰："父母之年，不可不知也，一则以喜，一则以惧。"

——《里仁》

子曰："君子欲讷于言而敏于行。"

——《里仁》

曾子曰："士不可以不弘毅，任重而道远。仁以为己任，不亦重乎？死而后已，不亦远乎？"

——《泰伯》

子曰："笃信好学，守死善道。危邦不入，乱邦不居。天下有道则见，无道则隐。邦有道，贫且贱焉，耻也；邦无道，富且贵焉，耻也。"

——《泰伯》

子曰："知者不惑，仁者不忧，勇者不惧。"

——《泰伯》

【题解与大意】

《论语》由孔子弟子及其再传弟子编写而成，至汉代成书。主要记录孔子及其弟子的言行，较为集中地反映了孔子的思想，是儒家学派的经典著作之一。全书以语录体为主、以叙事体为辅，体现了孔子的政治主张、伦理思想、道德观念及教育原则等内容。全书共20篇，492章。《论语》与《大学》《中庸》《孟子》并称"四书"，《诗经》《尚书》《礼记》《周易》《春秋》并称"五经"，总称"四书五经"。

孔子（公元前551年—公元前479年），名丘，字仲尼，鲁国陬邑（今山东省济宁市曲阜市）人，春秋晚期著名的政治家、思想家、教育家。儒家学派创始人，被后世尊为"圣人""至圣先师"，是"世界十大文化名人"，其儒家思想对中国和世界产生了深远的影响。

本文节选的十四则都与孔子的道德观念有关。"入则孝，出则弟"（弟，同"悌"，读tì，敬爱兄长，引申为尊敬长辈）讲述的孝悌观是中国传统文化中重要的道德观念之一，它是一切社会关系、社会秩序得以稳定的基础。此外，"贫而乐，富而好礼""不义而富且贵，于我如浮云"等语录，表现出孔子超俗的贫富观，集中体现了儒家乐道好礼的核心思想。

得道多助，失道寡助

先秦·《孟子·公孙丑下》

天时不如地利，地利不如人和。三里之城，七里之郭，环而攻之而不胜。夫环而攻之，必有得天时者矣，然而不胜者，是天时不如地利也。城非不高也，池非不深也，兵革非不坚利也，米粟非不多也，委而去之，是地利不如人和也。故曰，域民不以封疆之界，固国不以山溪之险，威天下不以兵革之利。得道者多助，失道者寡助。寡助之至，亲戚畔之。多助之至，天下顺之。以天下之所顺，攻亲戚之所畔，故君子有不战，战必胜矣。

【题解与大意】

《得道多助，失道寡助》，出自《孟子·公孙丑下》，指站在正义、仁义方面，会得到多数人的支持帮助；违背道义、仁义，必然陷于孤立。

文章对"天时""地利""人和"三者加以比较，层层递进，论证了"天时不如地利，地利不如人和"的道理。

鱼我所欲也

先秦·《孟子》

　　鱼，我所欲也；熊掌，亦我所欲也。二者不可得兼，舍鱼而取熊掌者也。生，亦我所欲也；义，亦我所欲也。二者不可得兼，舍生而取义者也。生亦我所欲，所欲有甚于生者，故不为苟得也；死亦我所恶，所恶有甚于死者，故患有所不避也。如使人之所欲莫甚于生，则凡可以得生者何不用也？使人之所恶莫甚于死者，则凡可以避患者何不为也？由是则生而有不用也，由是则可以避患而有不为也。是故所欲有甚于生者，所恶有甚于死者。非独贤者有是心也，人皆有之，贤者能勿丧耳。

　　一箪食，一豆羹，得之则生，弗得则死。呼尔而与之，行道之人弗受；蹴尔而与之，乞人不屑也。万钟则不辨礼义而受之，万钟于我何加焉！为宫室之美，妻妾之奉，所识穷乏者得我与？乡为身死而不受，今为宫室之美为之；乡为身死而不受，今为妻妾之奉为之；乡为身死而不受，今为所识穷乏者得我而为之；是亦不可以已乎？此之谓失其本心。

【题解与大意】

《鱼我所欲也》是孟子以他的性善论为依据，对人的生死观进行深入讨论的一篇代表作。强调"正义"比"生命"更重要，主张舍生取义。孟子崇尚"性善论"，认为"羞恶之心，人皆有之"，人就应该保持善良的本性，加强平时的修养及教育，不做有悖礼仪的事。孟子认为这一思想是中华民族传统道德修养的精华，影响深远。

大道之行也

先秦·《礼记》

大道之行也，天下为公，选贤与能，讲信修睦。故人不独亲其亲，不独子其子，使老有所终，壮有所用，幼有所长，鳏、寡、孤、独、废疾者皆有所养，男有分，女有归。货恶其弃于地也，不必藏于己；力恶其不出于身也，不必为己。是故谋闭而不兴，盗窃乱贼而不作，故外户而不闭，是谓大同。

【题解与大意】

"大道之行""天下为公"出自西汉戴圣的《礼记·礼运篇》，意思是天下是人们所共有的，把品德高尚的人、有才能的人选出来，（人人）讲求诚信，培养和睦气氛，追求一种大同的理想社会。

"大道""大同"都属于特殊概念："大道"，指放之四海而皆准的道理或真理，可以有各种各样的解释；"大同"，指儒家的理想社会或人类社会的最高阶段，也可以有种种解释。

有些词语在一定语境中往往具有特殊含义，如"归"指女子出嫁，但在"男有分，女有归"这句话中就有了"及时婚配"的意思；"亲"有亲近义，但"亲其亲"跟"子其子"是对文，前一个"亲"就有了"奉养"义，后一个"亲"就专指父母了。

诫子书

三国·诸葛亮

夫君子之行，静以修身，俭以养德。非澹泊无以明志，非宁静无以致远。夫学须静也，才须学也，非学无以广才，非志无以成学。淫慢则不能励精，险躁则不能冶性。年与时驰，意与日去，遂成枯落，多不接世，悲守穷庐，将复何及！

【题解与大意】

诸葛亮(公元181年—公元234年)，字孔明，号卧龙，琅邪阳都(今山东省沂南县南)人。三国时期蜀国丞相，杰出的政治家、军事家和战略家。

诸葛亮被后人誉为"智慧之化身"，他的《诫子书》是一篇充满智慧之语的家训，是古代家训中的名作。文章阐述修身养性、治学做人的深刻道理，指出放纵怠慢、轻薄浮躁的不良习气带给人的巨大危害，读来发人深省。它也可以看作是诸葛亮对其一生的总结，后来更成为修身立志的名篇。

颜氏家训

南北朝·颜之推

教子篇

上智不教而成，下愚虽教无益，中庸之人，不教不知也。古者圣王，有"胎教"之法，怀子三月，出居别宫，目不邪视，耳不妄听，音声滋味，以礼节之。书之玉版，藏诸金匮。生子咳提，师保固明孝仁礼义，导习之矣。凡庶纵不能尔，当及婴稚识人颜色、知人喜怒，便加教诲，使为则为，使止则止，比及数岁，可省笞罚。父母威严而有慈，则子女畏慎而生孝矣。

吾见世间无教而有爱，每不能然，饮食运为，恣其所欲，宜诫翻奖，应呵反笑，至有识知，谓法当尔。骄慢已习，方复制之，捶挞至死而无威，忿怒日隆而增怨，逮于成长，终为败德。孔子云，"少成若天性，习惯如自然"是也。俗谚曰，"教妇初来，教儿婴孩"，诚哉斯语。

凡人不能教子女者，亦非欲陷其罪恶，但重于呵怒，伤其颜色，不忍楚挞惨其肌肤耳。当以疾病为喻，安得不用汤药针艾救之哉？又宜思勤督训者，可愿苛虐于骨肉乎？诚不得已也！

父子之严，不可以狎；骨肉之爱，不可以简。简则慈孝不接，狎则怠慢生焉。

慕贤篇

人在年少，神情未定，所与款狎，熏渍陶染，言笑举动，无心于学，潜移暗化，自然似之，何况操履艺能，较明易习者也！是以与善人居，如入芝兰之室，久而自芳也；与恶人居，如入鲍鱼之肆，久而自臭也。墨子悲于染丝，是之谓矣，君子必慎交游焉。孔子曰："无友不如己者。"颜、闵之徒，何可世得，但优于我，便足贵之。

止足篇

《礼》云："欲不可纵，志不可满。"宇宙可臻其极，情性不知其穷，唯在少欲知止，为立涯限尔。先祖靖侯戒子侄曰："汝家书生门户，世无富贵，自今仕宦不可过二千石，婚姻勿贪势家。"吾终身服膺，以为名言也。

天地鬼神之道，皆恶满盈，谦虚冲损，可以免害。人生衣趣以覆寒露，食趣以塞饥乏耳。形骸之内，尚不得奢靡，己身之外，而欲穷骄泰邪？周穆王、秦始皇、汉武帝富有四海，贵为天子，不知纪极，犹自败累，况士庶乎？

【题解与大意】

颜之推（公元531年—约公元595年），字介，琅邪临沂（今山东省临沂市）人。生活年代在南北朝至隋朝期间，著名的文学家、教育家。著有《颜氏家训》，在家庭教育发展史上有重要的影响。

被南宋著名学者陈振孙誉为"古今家训之祖"的《颜氏家训》，是中国文化史上的一部重要典籍，共有序致、教子、治家、慕贤、勉学等七卷，共二十篇。历代学者对该书推崇备至，视之为垂训子孙及家庭教育的典范。

本文节选内容，《教子篇》从家长角度阐述了严慈有度的教子方法；《慕贤篇》提醒少年人要明晓在心性未定之时，环境对人潜移默化的影响，故而要慎重选择身边的环境和朋友；《止足篇》则重点讲述谦虚做人，节俭生活的道理。

选文《教子篇》中"书之玉版，藏诸金匮"一句意为"将它（指胎教的具体内容）写在玉版上，藏在金柜里"；"咳提"一词读音同"孩提"，指2~3岁小孩之笑貌。"咳"是"孩"字的古字写法；"师保固明孝仁礼义，导习之矣"一句意为"做老师的就要讲解"孝""仁""礼""义"等内容，引导他（指孩子）学习；师保，泛指老师等承担教育义务的人；"凡庶纵不能尔"一句意为"普通老百姓纵然做不到这一点"；《止足篇》中"皆恶满盈"中的"恶"读作wù，厌恶。

朱熹家训

宋·朱熹

　　君之所贵者，仁也。臣之所贵者，忠也。父之所贵者，慈也。子之所贵者，孝也。兄之所贵者，友也。弟之所贵者，恭也。夫之所贵者，和也。妇之所贵者，柔也。事师长贵乎礼也，交朋友贵乎信也。

　　见老者，敬之;见幼者，爱之。有德者，年虽下于我，我必尊之;不肖者，年虽高于我，我必远之。慎勿谈人之短，切莫矜己之长。仇者以义解之，怨者以直报之，随所遇而安之。人有小过，含容而忍之;人有大过，以理而谕之。勿以善小而不为，勿以恶小而为之。人有恶，则掩之;人有善，则扬之。

　　处世无私仇，治家无私法。勿损人而利己，勿妒贤而嫉能。勿称忿而报横逆，勿非礼而害物命。见不义之财勿取，遇合理之事则从。诗书不可不读，礼义不可不知。子孙不可不教，童仆不可不恤。斯文不可不敬，患难不可不扶。守我之分者，礼也;听我之命者，天也。人能如是，天必相之。此乃日用常行之道，若衣服之于身体，饮食之于口腹，不可一日无也，可不慎哉!

【题解与大意】

　　朱熹（公元1130年—公元1200年），字元晦，号晦庵，出生于南剑州尤溪。南宋著名的理学家、思想家、哲学家、教育家、诗人，闽学派的代表人物，世称"朱子"，是孔子、孟子以来最杰出的弘扬儒学的大师。

　　《朱子家训》寥寥数百字，却字字珠玑，是朱熹治家、做人思想的浓缩。它全面阐述了朱熹关于做人的准则：仁、义、礼、智、信，倡导家庭亲睦、人际和谐、重德修身。

　　家庭是社会的基本细胞。对每个人来说，家庭是人生的起点，也是休息和生活的港湾。上至社会名流，下至平民百姓，事业成功的背后都离不开家庭的支持和帮助。营造一个温馨的家，创造和睦的家庭生活，无论是过去、现在还是将来都是人们追求的亘古不变的目标。朱熹的这篇家训为我们实现这样的目标提供了一个理论上的指南。这些合理的思想在长期的社会实践中，对维护和巩固家庭关系发挥了重要作用。即使在今天，对我们每个家庭仍具有十分重要的指导意义。

从人类社会发展的终极目标来看，人类所追求的是一个和谐美满的社会，它要求人与自然、人与人之间达到和谐统一，这与朱熹这篇家训所推崇的为人处事之道有着极为相似之处。侍奉师长应当有礼貌，对待朋友要讲信义；遇见长者，应当尊重；看见小孩，应当爱护。做到"处事无私仇"，"勿称忿而报横逆，勿非礼而害物命"。人们无论贵贱贫富，年龄大小、高矮胖瘦，都要和谐相处。社会上的每个人如果都能这样做，那么一个和谐、文明、进步的社会就一定会建立起来。

墨梅

元·王冕

吾家洗砚池头树，
朵朵花开淡墨痕。
不要人夸颜色好，
只留清气满乾坤。

【题解与大意】

王冕（公元1287年—公元1359年），字元章，号煮石山农，浙江诸暨人。元代诗人、文学家、书法家、画家。

王冕所描述的墨梅，淡淡墨水点染而成，因此并不艳丽，但神清骨秀、孤澹清逸、澄淡高远，有着独特的内在气质。它不以鲜艳的颜色吸引人、讨好人，只愿散发清香，留在天地之间。

朱子家训

明末清初·朱柏庐

黎明即起，洒扫庭除，要内外整洁。既昏便息，关锁门户，必亲自检点。

一粥一饭，当思来处不易；半丝半缕，恒念物力维艰。

宜未雨而绸缪，毋临渴而掘井。

器具质而洁，瓦缶胜金玉；饮食约而精，园蔬愈珍馐。

见富贵而生谄容者，最可耻；遇贫穷而作骄态者，贱莫甚。

居家诫争讼，讼则终凶；处世诫多言，言多必失。

乖僻自是，悔误必多；颓惰自甘，家道难成。

施惠勿念，受恩莫忘。

【题解与大意】

朱柏庐（公元1627年—公元1698年），名用纯，字致一。昆山（今属江苏）人。明末清初著名理学家、教育家。与归有光、顾炎武合称为"昆山三贤"。潜心治学，以程、朱理学为本，提倡知行并进，躬行实践。《朱子家训》又名《朱子治家格言》《朱柏庐治家格言》，是以家庭道德为主的启蒙教材。《朱子家训》仅506字，精辟地阐明了修身治家之道，是家教名著。其中，许多内容继承了中国传统文化的优秀特点，比如尊敬师长、勤俭持家、邻里和睦等，在今天仍然有现实意义。

弟子规（节选）

清·李毓秀

总叙

弟子规　圣人训　首孝悌　次谨信

泛爱众　而亲仁　有余力　则学文

入则孝

父母呼　应勿缓　父母命　行勿懒

父母教　须敬听　父母责　须顺承

冬则温　夏则凊　晨则省　昏则定

出必告　反必面　居有常　业无变

事虽小　勿擅为　苟擅为　子道亏

物虽小　勿私藏　苟私藏　亲心伤

亲所好　力为具　亲所恶　谨为去

身有伤　贻亲忧　德有伤　贻亲羞

出则弟

兄道友　弟道恭　兄弟睦　孝在中
财物轻　怨何生　言语忍　忿自泯
或饮食　或坐走　长者先　幼者后
长呼人　即代叫　人不在　己即到
称尊长　勿呼名　对尊长　勿见能
路遇长　疾趋揖　长无言　退恭立
长者立　幼勿坐　长者坐　命乃坐
尊长前　声要低　低不闻　却非宜
近必趋　退必迟　问起对　视勿移
事诸父　如事父　事诸兄　如事兄

谨

朝起早　夜眠迟　老易至　惜此时
晨必盥　兼漱口　便溺回　辄净手
冠必正　纽必结　袜与履　俱紧切
置冠服　有定位　勿乱顿　致污秽
衣贵洁　不贵华　上循分　下称家
对饮食　勿拣择　食适可　勿过则
年方少　勿饮酒　饮酒醉　最为丑
步从容　立端正　揖深圆　拜恭敬
勿践阈　勿跛倚　勿箕踞　勿摇髀
缓揭帘　勿有声　宽转弯　勿触棱
执虚器　如执盈　入虚室　如有人

事勿忙　忙多错　勿畏难　勿轻略
斗闹场　绝勿近　邪僻事　绝勿问
将入门　问孰存　将上堂　声必扬
人问谁　对以名　吾与我　不分明
用人物　须明求　倘不问　即为偷
借人物　及时还　人借物　有勿悭

信

凡出言　信为先　诈与妄　奚可焉
话说多　不如少　惟其是　勿佞巧
奸巧语　秽污词　市井气　切戒之
见未真　勿轻言　知未的　勿轻传
事非宜　勿轻诺　苟轻诺　进退错
凡道字　重且舒　勿急疾　勿模糊
彼说长　此说短　不关己　莫闲管
见人善　即思齐　纵去远　以渐跻
见人恶　即内省　有则改　无加警
唯德学　唯才艺　不如人　当自砺
若衣服　若饮食　不如人　勿生戚
闻过怒　闻誉乐　损友来　益友却
闻誉恐　闻过欣　直谅士　渐相亲
无心非　名为错　有心非　名为恶
过能改　归于无　倘掩饰　增一辜

【题解与大意】

李毓秀（公元1647年—公元1729年），字子潜，号采三。山西省新绛县龙兴镇周庄村人，清初著名学者、教育家。

一般的人听到"弟子"，会有错误的认知，觉得是小孩学的。其实这个"弟子"不单是指小孩，圣贤之人的学生都叫弟子。《弟子规》的主要内容也是《论语》"学而"篇的解读，所以，它源于《论语》，是随顺圣贤教诲，也就是人生的真理来做事、处事待人，并不局限于幼儿教育，它所讲述的道理也适用于成年人。

文中有一些词语的读法要注意。"入则孝"一节中"夏则凊"中的"凊"读"jìng"。"谨"一节中"勿践阈，勿跛倚，勿箕踞，勿摇髀"中"阈"读作yù，意为"门槛"。"箕踞"读作jī jù，意为"两脚张开，两膝微曲地坐着，形状像箕"，这是一种不拘礼节的坐法，喻轻慢傲视对方的姿态。"髀"读作bì，意为"大腿"，摇着大腿的样子显得这个人很浮躁，心不安定。

最苦与最乐

梁启超

人生什么事最苦呢？贫吗？不是。失意吗？不是。老吗？死吗？都不是。我说人生最苦的事，莫若于身上背着一种未了的责任。人若能知足，虽贫不苦；若能安分（不多作分外希望），虽然失意不苦；老、死乃人生难免的事，达观的人看得很平常，也不算什么苦。独是凡人生在世间一天，便有一天应该的事。该做的事没有做完，便像是有几千斤重担子压在肩头，再苦是没有的了。为什么呢？因为受那良心责备不过，要逃躲也没处逃躲呀。

答应人办一件事没有办，欠了人的钱没有还，受了人的恩惠没有报答，得罪了人没有赔礼，这就连这个人的面也几乎不敢见他；纵然不见他的面，睡里梦里，都像有他的影子来缠着我。为什么呢？因为觉得对不住他呀，因为自己对他的责任，还没有解除呀。不独是对于一个人如此，就是对于家庭、对于社会、对于国家，乃至对于自己，都是如此。凡属我受过他好处的人，我对于他便有了责任。凡属我应该做的事，而且力量能够做得到的，我对于这件事便有了责任。凡属我自己打主意要做一件事，便是现在的自己和将来的自己立了一种契约，便是自己对于自己加一层责任。有了这责任，那良心便时时刻刻监督在后头，一日应尽的责任没有尽，到夜里头便是过的苦痛日子；一生应尽的责任没有尽，便死也带着苦痛往坟墓里去。这种苦痛却比不得普通的贫困老死，可以达观排解得来。所以我说人生没有苦痛便罢，若有苦痛，当然没有比这个加重的了。

翻过来看，什么事最快乐呢？自然责任完了，算是人生第一件乐事。古语说得好"如释重负"；俗语亦说是"心上一块石头落了地"。人到这个时候，那种轻松愉快，直是不可以言语形容。责任越重大，负责的日子越久长，到责任完了时，海阔天空，心安理得，那快乐还要加几倍哩！大抵天下事从苦中得来的乐才算真乐。人生须知道有负责任的苦处，才能知道有尽责任的乐处。这种苦乐循环，便是这有活力的人间一种趣味。却是不尽责任，受良心责备，这些苦都是自己找来的。一翻过去，处处尽责任，便处处快乐；时时尽责任，便时时快乐。快乐之权，操之在己。孔子所以说"无入而不自得"，正是这种作用。

然则为什么孟子又说"君子有终身之忧"呢？因为越是圣贤豪杰，他负的责任越是重大；而且他常要把这种种责任来揽在身上，肩头的担子从没有放下的时节。曾子还说哩"任重而道远"，"死而后已，不亦远乎？"那仁人志士的忧民忧国，那诸圣诸佛的悲天悯人，虽说他是一辈子感受苦痛，也都可以。但是他日日在那里尽责任，便日日在那里得苦中真乐，所以他到底还是乐，不是苦呀！

有人说："既然这苦是从负责任而生的，我若是将责任卸却，岂不是就永远没有苦了吗？"这却不然，责任是要解除了才没有，并不是卸了就没有。人生若能永远像两三岁小孩，本来没有责任，那就本来没有苦。到了长成，责任自然压在你的肩头上，如何能躲？不过有大小的分别罢了。尽得大的责任，就得大快乐；尽得小的责任，就得小快乐。你若是要躲，倒是自投苦海，永远不能解除了。

【题解与大意】

梁启超（公元1873年—公元1929年），字卓如，一字任甫，号任公。中国近代思想家、政治家、教育家、史学家、文学家。曾参与"戊戌变法"，近代资产阶级改良主义者。

痛苦和快乐，是人类永恒的话题。哲人志士有不少精彩的论述．平常百姓也有许多深刻的思考。梁启超的《最苦与最乐》一文，思想深刻，格调高雅，语言凝重，既有儒家的进取精神，又有佛家的超凡智慧。

"负责任是人生最大的痛苦，尽责任是人生最大的快乐"这一论点包含了两个分论点：负着未了的责任是人生最大的痛苦，尽了责任是人生最大的快乐。

一个世纪过去了，在当今的时代，作者的思想和他所倡导的责任感．并没有因时间的推移而失去意义，反而愈益显示出它的光彩和魅力。市场经济的物质诱惑，拒绝崇高的道德滑坡使许多人责任意识淡漠。同时，相关研究表明，情商比智商对于人的成功具有更为重要的意义，而社会责任感则是情商的重要参数。

励志明理

龟虽寿

东汉·曹操

神龟虽寿，犹有竟时。

腾蛇乘雾，终为土灰。

老骥伏枥，志在千里。

烈士暮年，壮心不已。

盈缩之期，不但在天；

养怡之福，可得永年。

幸甚至哉，歌以咏志。

【题解与大意】

曹操（公元155年—公元220年），字孟德，沛国谯（今安徽亳州）人。东汉末年杰出的政治家、军事家、文学家、书法家。

这是一首充满对生活的真切体验的哲理诗，因而写得兴会淋漓，有着一种真挚而浓烈的感情力量；哲理与诗情是通过形象化的手法表现出来的，因而说理、明志、抒情在具体的艺术形象中实现了完美的结合。人的寿命的长短不完全决定于天，只要保持身心健康就能延年益寿。曹操所云"养怡之福"，不是指无所事事，坐而静养，而是说一个人的精神状态是最重要的，不应因年暮而消沉。这里可见诗人对天命持否定态度，而对事在人为抱有乐观主义精神，抒发了诗人不甘衰老、不信天命、奋斗不息、对理想的追求永不停止的壮志豪情。诗中"老骥伏枥"四句是千古传诵的名句，笔力遒劲，韵律沉雄，内蕴着一股自强不息的豪迈气概，深刻地表达了曹操老当益壮、锐意进取的精神面貌。

饮酒·其五

魏晋·陶渊明

结庐在人境，而无车马喧。

问君何能尔？心远地自偏。

采菊东篱下，悠然见南山。

山气日夕佳，飞鸟相与还。

此中有真意，欲辨已忘言。

【题解与大意】

陶渊明（约公元365年—公元427年），字元亮，又名潜号"五柳先生"，私谥"靖节"，浔阳柴桑（今江西九江）人，东晋末期南朝宋初期诗人、文学家、辞赋家、散文家。

诗的意象构成中景与意会，全在一偶然无心上。"采菊"二句所表达的都是偶然之兴味，东篱有菊，偶然采之；而南山之见，亦是偶尔凑趣；山且无意而见，菊岂有意而采？山中飞鸟，为日夕而归；但其归也，适值吾见南山之时，此亦偶凑之趣也。这其中的"真意"，乃千圣不传之秘，即使道书千卷、佛经万页，也不能道尽其中奥妙，所以只好"欲辨已忘言"不了了之。这种偶然的情趣，偶然无心的情与景会，正是诗人生命自我敞亮之时其空明无碍的本真之境的无意识投射。大隐隐于市。真正宁静的心境不是自然造就的，而是你自己的心境的外化。千古名句"采菊东篱下，悠然见南山"，表达了诗人悠然自得、寄情山水的情怀。

登鹳雀楼

唐·王之涣

白日依山尽，黄河入海流。

欲穷千里目，更上一层楼。

【题解与大意】

王之涣（公元688年—公元742年），字季凌，绛州（今山西新绛县）人，盛唐时期的著名诗人。

鹳雀楼旧址在山西永济县，黄河中的一个小岗上，后被洪水冲没。这首诗写诗人在登高望远中表现出来的不凡的胸襟抱负，反映了盛唐时期人们积极向上的进取精神。作者提笔描写的是自然景色，把祖国的万里河山收入短短十个字中；后世人读到这十个字时，也如临其地、如见其景，感到胸襟为之一开。然后文笔一转，写得出人意料，把哲理与景物、情势融化得天衣无缝，成为鹳雀楼上一首不朽的绝唱。此诗虽短，却绘下祖国河山的磅礴气势和壮丽景象，令人襟怀豪放。诗人受大自然震撼的心灵，悟出的是朴素而深刻的哲理，能够催人抛弃固步自封的浅见陋识，登高放眼，不断拓出愈益美好的崭新境界。这首诗是唐代五言诗的压卷之作，王之涣因这首五言绝句而名垂千古，鹳雀楼也因此诗而名扬中华。

行路难·其一

唐·李白

金樽清酒斗十千，玉盘珍馐直万钱。

停杯投箸不能食，拔剑四顾心茫然。

欲渡黄河冰塞川，将登太行雪满山。

闲来垂钓碧溪上，忽复乘舟梦日边。

行路难！行路难！多歧路，今安在？

长风破浪会有时，直挂云帆济沧海。

【题解与大意】

李白（公元701年－公元762年），字太白，号"青莲居士"，又号"谪仙人"，是唐代伟大的浪漫主义诗人，被后人誉为"诗仙"，与杜甫并称为"李杜"。为了与另两位诗人李商隐与杜牧即"小李杜"区别，杜甫与李白又合称"大李杜"。其人爽朗大方，爱饮酒作诗，喜交友。

公元742年（天宝元年），李白奉诏入京，担任翰林供奉。李白本是个积极入世的人，他才高志大，很想像张良、诸葛亮等杰出人物一样干一番大事业。可是入京后，他却没被唐玄宗重用，还受到权臣的谗毁排挤，两年后被"赐金放还"，变相撵出了长安。李白被逼出京，朋友们都来为他饯行，求仕无望的他深感仕路的艰难，满怀愤慨，写下了此篇《行路难》。

这首诗虽短，但却具有长篇的气势格局。它百步九折地揭示了诗人感情的激荡起伏、复杂变化。诗中的"金樽美酒""玉盘珍馐"，让人感觉似乎是一个欢乐的宴会，但紧接着"停杯投箸""拔剑四顾"两个细节，就显示了感情波涛的强烈冲击。诗人心理上的失望与希望、抑郁与追求，急剧变化交替。"行路难，行路难，多歧路，今安在？"完全是急切不安状态下的内心独白，传达出要继续探索追求的复杂心理。经过反复回旋以后，作者在结尾处唱出了高昂乐观的调子，相信自己的理想抱负总有实现的一天。通过层层的感情起伏变化，既充分显示了黑暗污浊的政治现实对诗人的宏大理想抱负的阻遏，反映了由此而引起的诗人内心的强烈苦闷、愤郁和不平，同时又突出表现了诗人的倔强、自信和对理想的执着追求，展示了诗人力图从苦闷中挣脱出来的强大精神力量。

酬乐天扬州初逢席上见赠

唐·刘禹锡

巴山楚水凄凉地，二十三年弃置身。

怀旧空吟闻笛赋，到乡翻似烂柯人。

沉舟侧畔千帆过，病树前头万木春。

今日听君歌一曲，暂凭杯酒长精神。

【题解与大意】

刘禹锡（772－842），字梦得，唐朝彭城（今徐州）人，祖籍洛阳，唐朝文学家、哲学家，唐代中晚期著名诗人，有"诗豪"之称。

这首诗是刘禹锡于敬宗宝历二年罢和州刺史后，回归洛阳，途经扬州，与罢苏州刺史后也回归洛阳的白居易相会时所作。"沉舟"这一联诗突然振起，一变前面伤感低沉的情调，尾联便顺势而下，写道："今日听君歌一曲，暂凭杯酒长精神。"点明了酬答白居易的题意。意思是说，今天听了你的诗歌不胜感慨，暂且借酒来振奋精神吧！刘禹锡在朋友的热情关怀下，表示要振作起来，重新投入到生活中去，表现出坚韧不拔的意志。诗情起伏跌宕，沉郁中见豪放，是酬赠诗中的优秀之作。

茅屋为秋风所破歌

唐·杜甫

八月秋高风怒号，卷我屋上三重茅。茅飞渡江洒江郊，高者挂罥长林梢，下者飘转沉塘坳。

南村群童欺我老无力，忍能对面为盗贼。公然抱茅入竹去，唇焦口燥呼不得，归来倚杖自叹息。俄顷风定云墨色，秋天漠漠向昏黑。

布衾多年冷似铁，娇儿恶卧踏里裂。床头屋漏无干处，雨脚如麻未断绝。自经丧乱少睡眠，长夜沾湿何由彻！

安得广厦千万间，大庇天下寒士俱欢颜！风雨不动安如山。呜呼！何时眼前突兀见此屋，吾庐独破受冻死亦足！

【题解与大意】

杜甫（公元712年－公元770年），字子美，自号

"少陵野老"，世称"杜工部""杜少陵"等，唐代伟大的现实主义诗人，被世人尊为"诗圣"，其诗被称为"诗史"。

此诗作于公元761年八月。杜甫弃官不做后，经过几年的辗转，最终落脚成都，在成都浣花溪边盖起了一座茅屋，总算有了一个栖身之所。不料大风破屋，大雨又接踵而至。当时安史之乱尚未平息，诗人由自身遭遇联想到战乱，长夜难眠，感慨万千，写下了这篇脍炙人口的诗。杜甫在这首诗里描写了他本身的痛苦，但他不是孤立地、单纯地描写他本身的痛苦，而是通过描写他本身的痛苦来表现"天下寒士"的痛苦，来表现社会的苦难、时代的苦难。他也不是仅仅因为自身的不幸遭遇而哀叹、而失眠、而大声疾呼，在狂风猛雨无情袭击的秋夜，诗人脑海里翻腾的不仅是"吾庐独破"，而且是"天下寒士"的茅屋俱破。杜甫抒发的情怀表达了他关心民间疾苦的思想感情。

登乐游原

唐·李商隐

向晚意不适，驱车登古原。
夕阳无限好，只是近黄昏。

【题解与大意】

李商隐（公元813年—公元858年），字义山，唐代著名诗人，祖籍河内（今河南省焦作市）沁阳，出生于郑州荥阳。他擅长诗歌写作，骈文文学价值也很高，是晚唐最出色的诗人之一，和杜牧合称"小李杜"，与温庭筠合称"温李"，其诗构思新奇，风格秾丽。

这首诗大概写于晚年，字句通俗易懂：天光向晚，心里有些不舒服，驱车登上古老的乐游原。夕阳无限美好，只是已临近黄昏。但浅白的语句，却能诱发人们丰富的想象：站在高高的乐游原上，极目远眺，夕阳西下，晚霞似锦，绚丽的霞光静静地染红了天空大地，万物笼罩于淡淡的蔷薇色中，云蒸霞蔚。这一刻如此辉煌、如此壮丽、如此灿烂，也如此短暂，黄昏已悄悄临近，一切光彩将要归于黯淡。

登飞来峰

宋·王安石

飞来山上千寻塔，闻说鸡鸣见日升。
不畏浮云遮望眼，只缘身在最高层。

【题解与大意】

王安石（公元1021年－公元1086年），字介甫，号半山，谥文，封荆国公。世人又称"王荆公"。北宋抚州临川人，中国北宋著名政治家、思想家、文学家、改革家，唐宋八大家之一。

诗的第一句，诗人用"千寻"这一夸张的词语，借写峰上古塔之高，写出自己的立足点之高。诗的第二句，巧妙地虚写出在高塔上看到的旭日东升的辉煌景象，表现了诗人朝气蓬勃、胸怀改革大志、对前途充满信心，成为全诗感情色彩的基调。诗的后两句承接前两句写景议论抒情，使诗歌既有生动的形象又有深刻的哲理。古人常有浮云蔽日、邪臣蔽贤的忧虑，而诗人却加上"不畏"二字，表现了诗人在政治上高瞻远瞩，不畏奸邪的勇气和决心。

冬夜读书示子聿

宋·陆游

古人学问无遗力，少壮工夫老始成。

纸上得来终觉浅，绝知此事要躬行。

【题解与大意】

陆游（公元1125年—公元1210年），字务观，号放翁。越州山阴（今浙江绍兴）人，南宋文学家、史学家、爱国诗人。陆游与王安石、苏轼、黄庭坚并称"宋代四大诗人"；陆游与杨万里、范成大、尤袤合称"南宋四大家"。陆游一生笔耕不辍，诗词文俱有很高成就，其诗语言平易晓畅、章法整饬谨严，兼具李白的雄奇奔放与杜甫的沉郁悲凉，尤以饱含爱国热情对后世影响深远。

诗人在静寂的夜里，沉醉于书房，乐此不疲地读书，抑制不住心头奔腾踊跃的情感，写下了这首哲理诗并满怀深情地送给了儿子子聿。诗中赞扬了古人刻苦学习的精神以及做学问的艰难。说明只有少年时养成良好的学习习惯，竭尽全力地打好扎实基础，将来才能成就一番事业。诗人语重心长地告诫儿子，趁着年少精力旺盛，抓住美好时光奋力拼搏，莫让青春年华付诸东流。书本知识是前人实践经验的总结，能否符合自己的实际情况，还有待实践去检验。只有经过亲身实践，才能把书本上的知识变成自己的实际本领。诗人从书本知识和社会实践的关系着笔，强调实践的重要性，凸显其真知灼见。诗人的意图非常明显，旨在激励儿子不要片面满足于书本知识，而应在实践中夯实和进一步获得升华。

夏日绝句

宋·李清照

生当作人杰，死亦为鬼雄。

至今思项羽，不肯过江东。

【题解与大意】

李清照（公元1084年—公元1155年），号易安居士，山东省济南章丘人。宋代（南北宋之交）女词人，婉约词派代表，有"千古第一才女"之称。所作词，前期多写其悠闲生活，后期多悲叹身世，情调感伤。

这首诗的开头破空而起，势如千钧，先声夺人地将那种生死都无愧为英雄豪杰的气魄展现在读者面前，让人肃然起敬。项羽最壮烈的举动当属因"无颜见江东父老"，放弃暂避江东重振旗鼓而自杀身亡。在作者看来，这种失败中表现出来的异乎寻常的英雄气概在南宋朝廷南渡时尤显可贵。诗人盛赞"不肯过江东"的精神，实因感慨时事，借史实来抒写满腔爱国热情。"至今"两字从时间与空间上将古与今、历史与现实巧妙地勾连起来，透发出借怀古以讽今的深刻用意。此诗起调高亢，鲜明地提出了人生的价值取向：人活着就要做人中的豪杰，为国家建功立业；死也要为国捐躯，成为鬼中的英雄。爱国激情，溢于言表，确有振聋发聩的作用。

观书有感

宋·朱熹

半亩方塘一鉴开，天光云影共徘徊。

问渠哪得清如许，为有源头活水来。

【题解与大意】

　　这是一首借景喻理的名诗。全诗以方塘作比喻，形象地表达了一种微妙难言的读书感受。池塘并不是一泓死水，而是常有活水注入，因此像明镜一样，清澈见底，映照着天光云影。这种情景，同一个人在读书中搞通问题、获得新知而大有收益、提高认识时的情形颇为相似。诗中所表达的这种感受虽然仅就读书而言，却寓意深刻，内涵丰富，可以做广泛的理解。特别是"问渠那得清如许，为有源头活水来"两句，借水之清澈，是因为有源头活水不断注入，暗喻人要心灵澄明，就得认真读书，时时补充新知识。因此，人们常常用来比喻不断学习新知识，才能达到新境界。人们也用这两句诗来赞美一个人的学问或艺术的成就，自有其深厚的渊源。

题西林壁

宋·苏轼

横看成岭侧成峰，远近高低各不同。

不识庐山真面目，只缘身在此山中。

【题解与大意】

　　苏轼（公元1037年－公元1101年），北宋文学家、书画家。字子瞻，号"东坡居士"。四川人。其文汪洋恣肆，明白畅达，与欧阳修并称"欧苏"，为"唐宋八大家"之一；其诗清新豪健，善用夸张、比喻，艺术表现独具风格，与黄庭坚并称"苏黄"；其词开豪放一派，对后世有巨大影响，与辛弃疾并称"苏辛"；其书法擅长行书、楷书，能自创新意，用笔丰腴跌宕，有天真烂漫之趣，与黄庭坚、米芾、蔡襄并称"宋四家"。

　　这首诗寓意十分深刻，但所用的语言却异常浅显。深入浅出，这正是苏轼的一种语言特色。苏轼写诗，全无雕琢习气。诗人所追求的是用一种质朴无华、条畅流利的语言表现一种清新的、前人未曾道的意境；而这意境又是不时闪烁着荧荧的哲理之光。从这首诗来看，语言的表述是简明的，而其内涵却是丰富的。也就是说，诗语的本身是形象性和逻辑性的高度统一。诗人在四句诗中，概括地描绘了庐山的形象的特征，同时又准确地指出看山不得要领的道理。鲜明的感性与明晰的理性交织一起，互为因果，诗的形象因此升华为理性王国里的典型，这就是人们为什么千百次地把后两句当作哲理警句的原因。

雪梅·其一

宋·卢梅坡

梅雪争春未肯降，骚人阁笔费评章。
梅须逊雪三分白，雪却输梅一段香。

【题解与大意】

卢梅坡，宋朝末年人，具体生卒年、生平事迹不详，"梅坡"不是他的名字，而是他自号。他的存世诗作不多，以两首雪梅诗留名千古。

古今有不少诗人往往把雪、梅并写。雪因梅透露出春的信息，梅因雪更显出高尚的品格。在诗人卢梅坡的笔下，梅、雪为争春发生了"磨擦"，都认为各自占尽了春色，装点了春光，而且谁也不肯相让。这种写法实在是新颖别致、出人意料，难怪诗人无法判个高低。诗的后两句巧妙地托出二者的长处与不足：梅不如雪白，雪没有梅香，回答了"骚人阁笔费评章"的原因，也道出了雪、梅各执一端的根据。读完全诗，我们可以看出作者写这首诗是意在言外的，借雪梅的争春，告诫我们人各有所长，也各有所短。取人之长，补己之短，才是正理。这首诗既有情趣，也有理趣，值得咏思。

石灰吟

明·于谦

千锤万凿出深山，烈火焚烧若等闲。

粉骨碎身全不怕，要留清白在人间。

【题解与大意】

于谦（公元1398年－公元1457年），字廷益，号节庵，官至少保，世称"于少保"。明朝名臣、民族英雄，祖籍考城，浙江杭州府钱塘县（今浙江省杭州市）人。于谦与岳飞、张煌言并称"西湖三杰"。著有《于谥忠肃集》。

这是一首托物言志诗。作者以石灰作比喻，表达自己为国尽忠，不怕牺牲的意愿和坚守高洁情操的决心。作为咏物诗，若只是事物的机械实录而不寄寓作者的深意，那就没有多大价值。这首诗的价值就在于处处以石灰自喻，咏石灰即是咏自己磊落的襟怀和崇高的人格。

　　于谦为官廉洁正直，曾平反冤狱，救灾赈荒，深受百姓爱戴。明英宗时，瓦剌入侵，明英宗被俘。于谦议立明景帝，亲自率兵固守北京，击退瓦剌，使人民免遭蒙古贵族再次野蛮统治。但英宗复辟后却以"谋逆罪"诬杀了这位民族英雄。这首《石灰吟》可以说是于谦生平和人格的真实写照。

竹石

清·郑板桥

咬定青山不放松，立根原在破岩中。
千磨万击还坚劲，任尔东西南北风。

【题解与大意】

郑板桥（公元1693年—公元1765年），名燮，字克柔，江苏兴化人，清代官吏、书画家、文学家。一生主要客居扬州，以卖画为生。"扬州八怪"之一。

诗中的竹实际上是作者郑板桥高尚人格的化身。在生活中，作者正是嫉恶如仇、不畏权贵的岩竹。郑板桥的题画诗如同其画一样，有着很强的立体感。这首诗正是这样，无论是竹还是石，在诗人笔下都形象鲜明，若在眼前。那没有实体的风也被描绘得如同拂面而过一样。但诗人追求的并不仅在外在的形似，而是在每一根瘦硬的岩竹中灌注了自己的理想，融进了自己的人格。这是一首借物喻人、托物言志的诗，也是一首咏物诗。全诗的语言简易明快，却又执著有力，具体生动地描述了竹子生在恶劣环境下，长在危难中，而又自由自在、坚定乐观的性格。这首诗能给我们以生命的感动，让我们懂得即使在曲折恶劣的环境中，我们也要面对现实，战胜困难，像在石缝中的竹子一样刚强勇敢！

沁园春·雪

毛泽东

北国风光，千里冰封，万里雪飘。望长城内外，惟余莽莽；大河上下，顿失滔滔。山舞银蛇，原驰蜡象，欲与天公试比高。须晴日，看红装素裹，分外妖娆。

江山如此多娇，引无数英雄竞折腰。惜秦皇汉武，略输文采；唐宗宋祖，稍逊风骚。一代天骄，成吉思汗，只识弯弓射大雕。俱往矣，数风流人物，还看今朝。

【题解与大意】

毛泽东（公元1893年－公元1976年），字润之，笔名子任。湖南湘潭人。中国共产党、中国人民解放军和中华人民共和国的主要缔造者和领导人，诗人，书法家。

《沁园春·雪》突出体现了毛泽东词风的雄健、大气。毛泽东的博大的胸襟和抱负，与广阔雄奇的北国雪景发生同构，作者目接"千里""万里"，"欲与天公试比高"；视通几千年，指点江山主沉浮。这就充分展示了雄阔豪放、气势磅礴的风格。

　　全词用字遣词，设喻用典，明快有力，挥洒自如，辞义畅达，一泻千里。毛泽东讲究词章格律，但又不刻意追求。全词合律入韵，似无意而为之。虽属旧体却给人以面貌一新之感。不单是从词境中表达出新的精神世界，而且鲜活生动，凝练通俗，易诵易唱易记。

论学读书

论语（节选）

子曰："学而时习之，不亦说乎？有朋自远方来，不亦乐乎？人不知而不愠，不亦君子乎？"

——《学而》

子曰："温故而知新，可以为师矣。"

——《为政》

子曰："学而不思则罔，思而不学则殆。"

——《为政》

子曰："由，诲女知之乎！知之为知之，不知为不知，是知也。"

——《为政》

子曰："三人行，必有我师焉。择其善者而从之，其不善者而改之。"

——《述而》

子曰："吾尝终日不食，终夜不寝，以思，无益，不如学也。"

——《卫灵公》

【题解与大意】

第一则以学习为乐事，做到人不知而不愠，反映出孔子学而不厌、诲人不倦、注重修养、严格要求自己的主张。

第二则"温故而知新"是孔子在教育方面的重大贡献之一。他认为，不断复习，才会在此基础上获得新知识。启示人们，新知识、新学问都建立在所学知识的基础上。因此，"温故而知新"是一个十分可行的学习方法。

第三则是孔子提倡的读书及学习方法。告诫我们只有把学习和思考辩证统一起来，才能真正学到切实有用的知识，否则就会收效甚微。

第四则讲对待知识应该持有的态度。告诫我们在学习上要本着实事求是的态度，虚心学习。

第五则表现出孔子虚心好学、自觉修养的精神。它包含了两个方面：一方面，学习他人的长处，这是虚心好学的精神；另一方面，看到他人的短处就引以为戒，反省自己，是自觉修养的精神。告诫我们要善于向他人学习，不耻下问。

第六则讲思考要建立在学习上，才可能有效果。终日不食、终夜不寝去学习，身体疲劳，方法不当，又没有明确目的，就不会学好。孔子再一次论证了只思考不学习是徒劳的。

劝学（节选）

战国·荀况

君子曰：学不可以已。

青，取之于蓝而青于蓝；冰，水为之而寒于水。木直中（zhòng）绳，輮以为轮，其曲中规。虽有槁暴（pù），不复挺者，輮使之然也。故木受绳则直，金就砺则利，君子博学而日参省（xǐng）乎己，则知（zhì）明而行无过矣。

吾尝终日而思矣，不如须臾之所学也；吾尝跂而望矣，不如登高之博见也。登高而招，臂非加长也，而见者远；顺风而呼，声非加疾也，而闻者彰。假舆马者，非利足也，而致千里；假舟楫者，非能水也，而绝江河。君子生（xìng）非异也，善假于物也。

积土成山，风雨兴焉；积水成渊，蛟龙生焉；积善成德，而神明自得，圣心备焉。故不积跬步，无以至千里；不积小流，无以成江海。骐骥一跃，不能十步；驽马十驾，功在不舍。锲而舍之，朽木不折；锲而不舍，金石可镂。蚓无爪牙之利，筋骨之强，上食埃土，下饮黄泉，用心一也。蟹六跪而二螯，非蛇鳝之穴无可寄托者，用心躁也。

【题解与大意】

荀况即荀子（约公元前313年—公元前238年），名况，著名思想家、文学家、政治家，儒家代表人物之一。荀子对儒家思想有所发展，提倡"性恶论"，强调后天环境和教育对人的影响，其学说常被后人拿来跟孟子的"性善说"比较，荀子对重新整理儒家典籍有相当显著的贡献。

《劝学》是荀子的代表作品，也是《荀子》一书开宗明义的第一篇。全文共由两大部分组成：前一部分，论述学习的重要性；后一部分，论述学习的步骤、内容、途径等有关问题。作者以"学不可以已"作为贯穿全文的中心思想，通过大量比喻论述了学习的重要性在于提高自己（君子博学而日参省乎己，则知明而行无过矣）、弥补不足（君子生非异也，善假于物也），学习的方法和态度在于点滴积累、持之以恒、专心致志。

长歌行

汉乐府

青青园中葵，朝露待日晞。
阳春布德泽，万物生光辉。
常恐秋节至，焜黄华叶衰。
百川东到海，何时复西归。
少壮不努力，老大徒伤悲。

【题解与大意】

乐府是自秦代以来设立的朝廷音乐机关，汉武帝时得到大规模的扩建，从民间搜集了大量的诗歌作品，内容丰富，题材广泛。

本诗选自汉乐府。长歌：长声歌咏，也指写诗；行(xíng)：古代歌曲的一种体裁，歌行体的简称，诗歌的字数和句子的长度不受限制。长歌行是指以"长声歌咏"为曲调的自由式歌行体。

诗人由园中葵的蓬勃生长推而广之，写到整个自然界，自然界的时序不停交换，转眼春去秋来，园中葵及万物经历了春生、夏长，到了秋天，它们成熟了，昔日熠熠生辉的叶子变得焦黄枯萎，丧失了活力。自然界的万物有一个春华秋实的过程，人生也有一个少年努力、老有所成的过程；自然界的万物只要有阳光雨露，秋天自能结实，人却不同，没有自身努力是不能成功的；万物经秋变衰，但却实现了生命的价值，因而不足伤悲；人则不然，因"少壮不努力"而老无所成，岂不等于空走世间一趟。诗末的警句浑厚有力，深沉含蓄，如洪钟长鸣一般，深深地打动了读者的心。

师说

唐·韩愈

古之学者必有师。师者，所以传道受业解惑也。人非生而知之者，孰能无惑？惑而不从师，其为惑也，终不解矣。生乎吾前，其闻道也固先乎吾，吾从而师之；生乎吾后，其闻道也亦先乎吾，吾从而师之。吾师道也，夫庸知其年之先后生于吾乎？是故无贵无贱，无长无少，道之所存，师之所存也。

嗟（jiē）乎！师道之不传也久矣！欲人之无惑也难矣！古之圣人，其出人也远矣，犹且从师而问焉；今之众人，其下圣人也亦远矣，而耻学于师。是故圣益圣，愚益愚。圣人之所以为圣，愚人之所以为愚，其皆出于此乎！爱其子，择师而教之；于其身也，则耻师焉，惑矣。彼童子之师，授之书而习其句读（dòu）者，非吾所谓传其道解其惑者也。句读之不知，惑之不解，或师焉，或不（fǒu）焉，小学而大遗，吾未见其明也。巫医乐师百工之人，不耻相师。士大夫之族，曰师曰弟子云者，则群聚而笑之。问之，则曰："彼与彼年相若也，道相似也。位卑则足羞，官盛则近谀。"呜呼！师道之不复，可知矣。巫医乐师百工之人，君子不齿，今其智乃反不能及，其可怪也欤！

圣人无常师。孔子师郯（tán）子、苌弘、师襄、老聃（dān）。郯子之徒，其贤不及孔子。孔子曰：三人行，则必有我师。是故弟子不必不如师，师不必贤于弟子，闻道有先后，术业有专攻，如是而已。

李氏子蟠，年十七，好古文，六艺经传皆通习之，不拘于时，学于余。余嘉其能行古道，作《师说》以贻之。

【题解与大意】

韩愈（公元768年—公元 824年）字退之，唐代文学家、哲学家、思想家，河阳（今河南省焦作孟州市）人，汉族。祖籍河北昌黎，世称"韩昌黎"。他与柳宗元同为唐代古文运动的倡导者，主张学习先秦两汉的散文语言，破骈为散，扩大文言文的表达功能。宋代苏轼称他"文起八代之衰"，明人推他为唐宋八大家之首，与柳宗元并称"韩柳"，有"文章巨公"和"百代文宗"之名。

　　《师说》是韩愈散文中一篇重要的论说文。文章先从历史事实"古之学者必有师"、老师能"传道受业解惑"、学者定会遇到疑难"人非生而知之者，孰能无惑"三个方面证明了从师学习的必要性和重要性。对于老师的年长年少，作者认为"无贵无贱，无长无少，道之所存，师之所存也"，明确了择师的标准。然后，用正反对比的方法从三个方面批判不重师道的错误态度和耻于从师的不良风气；在此基础上，以孔子为例，指出古代圣人重视师道的事迹，进一步阐明从师的必要性和以能者为师的道理。文中提到的"从师学习、不耻下问、能者为师、勉励后学"等观点值得我们学习借鉴。

劝学

唐·颜真卿

三更灯火五更鸡，正是男儿读书时。

黑发不知勤学早，白首方悔读书迟。

【题解与大意】

颜真卿（公元709年—公元784年？），字清臣，唐京兆万年（今陕西西安）人，祖籍唐琅琊临沂（今山东临沂），中国唐代书法家。颜真卿创立"颜体"楷书，他与赵孟頫、柳公权、欧阳询并称"楷书四大家"。

《劝学》是一首七言古诗。前两句通过对学习环境的描写，表达年少读书应该勤奋。后两句用黑发和白首对比，表达年长时读书为时已晚。这首诗劝勉青少年在有限的生命里，不要虚度光阴，要珍惜青春年华，勤奋学习，坚持不懈。否则，错过读书的大好时光，到老一事无成，后悔已晚。

金缕衣

唐·无名氏

劝君莫惜金缕衣，劝君惜取少年时。

有花堪折直须折，莫待无花空折枝。

【题解与大意】

这是中唐时的一首流行歌词。《唐诗三百首》的最后一首就是《金缕衣》，此诗作者不详，当署名为无名氏。

《金缕衣》是一首七言绝句形式的乐府歌辞。这是一首富有哲理、内涵丰富的小诗。在这首诗中，作者劝诫人们不要贪图荣华富贵，而要爱惜少年时光，莫要错过青春年华。当然，还有另外的解读，也可以说是启发人们要及时建功立业。正是这首诗的意象不明确，所以才更觉内涵丰富。

白鹿洞二首·其一

唐·王贞白

读书不觉已春深，一寸光阴一寸金。

不是道人来引笑，周情孔思正追寻。

【题解与大意】

王贞白（公元875年—公元958年），字有道，号灵溪，信州永丰（今江西省上饶市广丰区）人。唐末五代十国著名诗人。著有《灵溪集》七卷行世，今编诗一卷。其名句"一寸光阴一寸金"，至今民间广为流传。

诗人读书入神，每天都过得紧张而充实，全然忘记了时间。春天快过完了，是诗人不经意中猛然发现的。这一发现令诗人甚感意外，颇多感慨。"一寸光阴一寸金"，以金子喻光阴，谓时间宝贵，应该珍惜。这是诗人由第一句叙事自然引发出来的感悟，勉励人们珍惜时间、注重知识积累，不断充实和丰富自己。三四句补叙自己发觉"春深"，是因为"道人来引笑"。诗人告诫读者要惜时如金、潜心求知。

励学篇

宋·赵恒

富家不用买良田，书中自有千钟粟。

安居不用架高堂，书中自有黄金屋。

出门莫恨无人随，书中车马多如簇。

娶妻莫恨无良媒，书中自有颜如玉。

男儿欲遂平生志，五经勤向窗前读。

【题解与大意】

宋真宗赵恒（公元968年—公元1022年），原名德昌，后更名元休、元侃。北宋第三代皇帝真宗，是太宗第三子。

这是一首鼓励人们读书的诗。"书中自有黄金屋，书中自有颜如玉"历来是鼓励人们读书的名言，也是许多读书人读书的目的和追求。其实这只是一种借代的说法，代指出人头地。整首诗简单明了，目的单一，不难理解。人生在世，追求的无非是温饱、富贵、贤妻等，这些都可以以读书为跳板，取得功名之后来实现。读书不排斥功利性，因为功名利禄很大程度上是人们读书的动机。这个动机好比"兴奋剂"，对社会、个人的长远发展有利。不论读书的动机是什么，只要爱读书，这就胜于不读书。

诲学说（节选）

宋·欧阳修

　　玉不琢，不成器；人不学，不知道。然玉之为物，有不变之常德，虽不琢以为器，而犹不害为玉也。人之性，因物则迁，不学，则舍君子而为小人，可不念哉？

【题解与大意】

　　欧阳修（公元1007年－公元1072年），字永叔，号醉翁、六一居士，汉族，吉州永丰（今江西省吉安市永丰县）人，北宋政治家、文学家，且在政治上负有盛名。后人将其与韩愈、柳宗元和苏轼合称"千古文章四大家"。与韩愈、柳宗元、苏轼、苏洵、苏辙、王安石、曾巩被世人称为"唐宋散文八大家"。欧阳修是在宋代文学史上最早开创一代文风的文坛领袖，领导了北宋诗文革新运动，继承并发展了韩愈的古文理论。

　　本文大意是说："玉和人相同之处在于都要经过雕琢磨砺才能有所作为，不同的是，玉虽然不雕琢，但玉的本性永远不会更改；而人的习性是最容易受外面物质环境影响的，若不能时刻砥砺自己提升学识修养与品德内涵，就会舍君子而为小人了。我们能不常常铭记吗？"文章劝诫人们要努力学习，不断提升自身修养。人只有经过雕琢磨砺，才能有所作为。

孙权劝学

　　初，权谓吕蒙曰："卿今当涂掌事，不可不学！"蒙辞以军中多务。权曰："孤岂欲卿治经为博士邪？但当涉猎，见往事耳。卿言多务，孰若孤？孤常读书，自以为大有所益。"蒙乃始就学。及鲁肃过寻阳，与蒙论议，大惊曰："卿今者才略，非复吴下阿蒙！"蒙曰："士别三日，即更刮目相待，大兄何见事之晚乎！"肃遂拜蒙母，结友而别。

【题解与大意】

　　司马光（公元1019年－公元1086年），字君实，号迂叟，陕州夏县（今山西夏县）人，世称"涑水先生"。北宋史学家、文学家。他主持编纂了中国历史上第一部编年体通史《资治通鉴》。著作主要有《资治通鉴》《温国文正司马公文集》《稽古录》《涑水记闻》《潜虚》等。

　　本文注重以对话表现人物。对话言简意丰，生动传神，富于情趣。孙权劝学，先一语破的，向吕蒙指出"学"的必要性，继而现身说法，指出"学"的可能性。吕蒙无可推辞，"乃始就学"。该文既记叙孙权劝告吕蒙读书，吕蒙读书后大有长进的故事，也赞扬孙权、吕蒙认真学习的精神，并告诫人们后天学习的重要性。一个人天赋再高，后天不学习依然不能成功。相反，一个人即使愚笨，只要端正态度，刻苦努力，掌握学习方法，依然可以提高自己的认知水平和办事能力。文章告诉人们不要以一成不变的眼光看待他人，要以发展的眼光看待人和事。

送安淳秀才失解西归（节选）

宋·苏轼

旧书不厌百回读，熟读深思子自知。

他年名宦恐不免，今日栖迟那可追。

【题解与大意】

这首诗是安淳秀才参加科举考试，名落孙山后，苏轼写给他的赠别诗。该诗主要是劝慰、鼓励安淳秀才，希望他不要过分在意考试的成败，而应当回家安心读书。

前两句历来被看作是读书治学的重要门径。这里面包含着两种读书方法：一种是熟读，一种是深思。熟读就是反复阅读，即所谓"书读百遍，其义自见"。熟读这种方法在中国古代是被格外强调的。这种方法虽然忽视了思考的过程，但却培养了学生自读自悟的能力。因此，熟读的过程实际上就是感悟的过程。熟读还必须与深思结合起来。孔子说："学而不思则罔，思而不学则殆。"韩愈在《劝学解》中说过："业精于勤荒于嬉，行成于思毁于随。"认真思考，是读书学习的一个重要环节。读书而不思考，就不能读出书中的妙处，就如吃饭时只顾狼吞虎咽一样，虽然填饱了肚子，却不知其中滋味。

精骑集·序

宋·秦观

予少时读书，一见辄能诵。暗疏之，亦不甚失。然负此自放，喜从滑稽饮酒者游。旬朔之间，把卷无几日。故虽有强记之力，而常废于不勤。

比数年来，颇发愤自惩艾，悔前所为；而聪明衰耗，殆不如曩时十一二。每阅一事，必寻绎数终，掩卷茫然，辄复不省。故虽有勤劳之苦，而常废于善忘。

嗟夫！败吾业者，常此二物也。比读《齐史》，见孙搴答邢词曰："我精骑三千，足敌君赢卒数万。"心善其说，因取"经""传""子""史"之可为文用者，得若干条，勒为若干卷，题曰《精骑集》云。

噫！少而不勤，无知之何矣。长而善忘，庶几以此补之。

【题解与大意】

　　秦观（公元1049年—公元1100年），字少游，号淮海居士，江苏高邮（今属江苏）人，"苏门四学士"之一，被尊为婉约派一代词宗。

　　作者在文中强调损害自己学业的两个因素是不勤奋和善忘。少时读书"虽有强记之力，而常废于不勤"或"少而不勤"，后治学"虽有勤劳之苦，而常废于善忘"或"长而善忘"，告诫人们要珍惜青春岁月，勤奋学习，以免老大徒伤悲。启示我们，不能倚仗自己年轻且天资聪颖就不用功学习。一旦错过，后悔莫及。当然，后天的努力也可以弥补，只要我们勤于学习和总结，善于吸收前人的经验，找到解决问题的办法，勤奋读书，持之以恒，最终会有所成就。

读书

宋·陆游

归志宁无五亩园，读书本意在元元。

灯前目力虽非昔，犹课蝇头二万言。

【题解与大意】

陆游的诗歌以现实主义风格为主，关注民生，忧国忧民。写"读书诗"的诗人不在少数，但大量写作"读书诗"的诗人首推陆游。陆游的"读书诗"虽然取材较窄，却大胆突破狭小的空间限制，直抒胸臆，直面生活，思考人生。这首七言绝句《读书》，虽以读书为题材，但诗人的眼光早已离开书斋这个狭小的空间，将目光投向人民。一二句直抒胸臆，说自己读书是为了人民。在封建时代，能提出"读书本意在元元"，确实可贵。三四句是写实，通过灯下读书，眼神不济，把诗人在孤灯之下，老眼昏花地阅读蝇头小字的场景，惟妙惟肖地刻画出来了。这首诗既反映了诗人在年老时仍然坚持苦学的情况，又表明了他学习是为平民百姓而并无他求的可贵精神。

劝学诗

宋·朱熹

少年易老学难成，一寸光阴不可轻。

未觉池塘春草梦，阶前梧叶已秋声。

【题解与大意】

该诗语言明白易懂，形象鲜明生动。"池塘春草梦"是一个典故，源于《南史·谢方明传》。谢方明之子惠连，年十岁能属文，族兄灵运嘉赏之，云："每有篇章，对惠连辄得佳话。"尝于永嘉西堂四诗，竟日不就，忽梦见惠连，即得"池塘生春草"，大以为工。常云："此语神功，非吾语也。""池塘生春草，园柳变鸣禽"是谢灵运《登池上楼》中的诗句。此处活用其典，意谓美好的青春年华很容易消逝，如同一场春梦。这首诗把时间飞快、岁月易逝的程度，用池塘春草梦未觉，阶前梧桐忽秋声来比喻，十分贴切，倍增劝勉的力量。该诗主旨意在提醒人们：青春的日子十分容易逝去，学问却很难获得，所以青年人应该珍惜每一寸光阴，努力学习。

训学斋规（节选）

宋·朱熹

凡读书，须整顿几案，令洁净端正，将书册齐整顿放，正身体，对书册，详缓看字，仔细分明读之。须要读得字字响亮，不可误一字，不可少一字，不可多一字，不可倒一字，不可牵强暗记，只是要多诵遍数，自然上口，久远不忘。古人云，"读书百遍，其义自见"。谓读得熟，则不待解说，自晓其义也。余尝谓，读书有"三到"，谓心到、眼到、口到。心不在此，则眼不看仔细，心眼既不专一，却只漫浪诵读，决不能记，记亦不能久也。"三到"之中，心到最急。心既到矣，眼口岂不到乎？

【题解与大意】

朱熹在文中明确提出，读书要分两步进行。一是要熟读。正所谓"书读百遍，其义自见"，强调了诵读对理解的重要性。二是要心到。熟读还必须与心结合起来。如果心思不在书本上，那么眼睛就不会仔细看，心和眼不专心，那么就不能理解文中的意思。我们在学习和借鉴古人的读书方法的同时，要养成良好的学习习惯，学会熟读、精思。精思的前提要做到"心到、眼到、口到"，这6个字高度概括了熟读与精思的关系。读与思，是读书过程中密不可分的统一体。只读不思，是死读；光思不读，是空想，最终还是一事无成。

读书

宋·陆九渊

读书切戒在慌忙，涵泳工夫兴味长。

未晓不妨权放过，切身须要急思量。

【题解与大意】

陆九渊（公元1139年—公元1193年），字子静，世称"存斋先生""象山先生"，学者常称其为"陆象山"。抚州金溪（今江西省金溪县）人。南宋哲学家，宋儒理学的代表人物。

陆九渊的这首诗，实际上是一篇读书心得。一二句讲了读书时应该具备的心理因素和读书的方法。告诫人们不仅要静下心来读书，而且还要深入领会。三四句则是讲读书的策略问题。尤其是"未晓不妨权放过"一句，值得玩味。不懂的，无需刨根问底，不妨一跃而过，等上下文全看完或者日后有相关的生活体验，就会豁然开朗。但是，对于切合自己实际，和自己的观点"碰撞"出火花的，必须"急思量"， 迅速形成自己的思维，写成文章。当然，"急思量"并非"慌忙"，只是在经过"涵泳"的前提下，在文化深厚的积淀下，灵感一现，一挥而就。

送东阳马生序（节选）

明·宋濂

　　余幼时即嗜学。家贫，无从致书以观，每假借于藏书之家，手自笔录，计日以还。天大寒，砚冰坚，手指不可屈伸，弗之怠。录毕，走送之，不敢稍逾约。以是人多以书假余，余因得遍观群书。既加冠，益慕圣贤之道，又患无硕师、名人与游，尝趋百里外，从乡之先达执经叩问。先达德隆望尊，门人弟子填其室，未尝稍降辞色。余立侍左右，援疑质理，俯身倾耳以请；或遇其叱咄，色愈恭，礼愈至，不敢出一言以复；俟其欣悦，则又请焉。故余虽愚，卒获有所闻。

　　当余之从师也，负箧曳屣，行深山巨谷中，穷冬烈风，大雪深数尺，足肤皲裂而不知。至舍，四支僵劲不能动，媵人持汤沃灌，以衾拥覆，久而乃和。寓逆旅，主人日再食，无鲜肥滋味之享。同舍生皆被绮绣，戴朱缨宝饰之帽，腰白玉之环，左佩刀，右备容臭，烨然若神人；余则缊袍敝衣处其间，略无慕艳意,以中有足乐者，不知口体之奉不若人也。盖余之勤且艰若此。

【题解与大意】

宋濂(公元1310年—公元1381年)，初名寿 ，字景濂，号潜溪，别号龙门子、玄真遁叟等，汉族。祖籍金华潜溪（今浙江义乌），后迁居金华浦江（今浙江浦江）。明初著名政治家、文学家、史学家、思想家。与高启、刘基并称为"明初诗文三大家"，又与章溢、刘基、叶琛并称为"浙东四先生"。被明太祖朱元璋誉为"开国文臣之首"，学者称其为"太史公""宋龙门"。

宋濂自幼多病，且家境贫寒，但他聪敏好学，号称"神童"。洪武十年(1377年)，以年老辞官还乡。第二年，应诏从家乡浦江（浙江省浦江县）到应天（今江苏南京）去朝见朱元璋时，正在太学读书的同乡晚辈马君则前来拜访。宋濂写了这篇序，介绍自己的学习经历和学习态度，勉励他勤奋学习，成为德才兼备的人。本课只节选了序文的前半部分。文章告诫人们：求学之路是艰难坎坷的，只有不畏艰难，勇于探索，具有恒心和毅力，才能学有所成，勤奋学习是取得成绩的根源。学习成功与否的关键在于主观是否努力，与客观学习生活条件关系不大。在学习中，要有苦中作乐、以苦为乐的思想感情，要好好珍惜我们现有的优越的学习环境和条件，努力学习，有所成就。

观书

明·于谦

书卷多情似故人，晨昏忧乐每相亲。
眼前直下三千字，胸次全无一点尘。
活水源流随处满，东风花柳逐时新。
金鞍玉勒寻芳客，未信我庐别有春。

【题解与大意】

　　这首诗写诗人亲身体会，盛赞书之好处，抒发喜爱读书之情，意趣高雅，风格率直，说理形象，颇有感染力。诗人首先用拟人手法，把书卷比作多情的老朋友，形影相随，形象地表明诗人读书不倦、乐在其中。接着，用夸张、比喻手法，把诗人读书入迷的神态跃然纸上。先是被书所引，诗人如饥似渴地读书；再是书本知识荡涤心胸，陶冶情操，心无杂念。然后用典故和自然景象作比，说明勤读书的好处，表现诗人持之以恒的精神。最后以贵公子反衬，显示读书人书房四季如春的胜景。读书可以明理，可以赏景，可以观史，可以鉴人，真可谓是思接千载、视通万里。

今日歌

明·文嘉

今日复今日，今日何其少！

今日又不为，此事何时了？

人生百年几今日，今日不为真可惜！

若言姑待明朝至，明朝又有明朝事。

为君聊赋《今日诗》，努力请从今日始。

【题解与大意】

文嘉（公元1501年—公元1583年），字休承，号文水，明湖广衡山人。吴门派代表画家。能诗，工书，小楷清劲，亦善行书。精于鉴别古书画，工石刻，为明一代之冠。画得徵明一体，善画山水，笔法清脆，颇近倪瓒，着色山水具幽澹之致，间仿王蒙皴染，亦颇秀润，兼作花卉。

这首古诗以质朴的语言，在对"今日"的反复吟唱中，进一步说明了今日之重要。同时，阐明了人生短暂，"一寸光阴一寸金"的道理，劝诫人们抓紧时间，从现在做起。

读书有所见作

清·萧抡谓

人心如良苗，得养乃滋长。
苗以泉水灌，心以理义养。
一日不读书，胸臆无佳想。
一月不读书，耳目失精爽。

【题解与大意】

萧抡谓，清代诗人，生卒年不详，字号不详，由于年代久远，其生平已无法考证。

诗人把人心比作禾苗，形象地表明读书可以滋养人心，读书可以养性。善读书、爱读书、读好书则可以绿化我们的精神，避免我们心灵的荒芜。同时也说明诗人非常喜欢读书，对读书充满乐趣，不读书就失去了生活的乐趣。

整首诗写了读书的益处与不读书的坏处，忠告人们要热爱读书，读书要持之以恒，道理表达得淋漓尽致。

为学一首示子侄（节选）

清·彭端淑

天下事有难易乎？为之，则难者亦易矣；不为，则易者亦难矣。人之为学有难易乎？学之，则难者亦易矣；不学，则易者亦难矣。

吾资之昏，不逮人也，吾材之庸，不逮人也；旦旦而学之，久而不怠焉，迄乎成，而亦不知其昏与庸也。吾资之聪，倍人也，吾材之敏，倍人也；屏弃而不用，其与昏与庸无以异也。圣人之道，卒于鲁也传之。然则昏庸聪敏之用，岂有常哉？

【题解与大意】

彭端淑（公元1699年—公元1779年），字乐斋，号仪一，眉州丹棱（今四川丹棱县）人。清朝官员、文学家。彭端淑与李调元、张问陶被后人并称为"清代四川三才子"。

文章一开头便从难易问题下手，认为天下之事的难易是相对的，"为之，则难者亦易矣；不为，则易者亦难矣"。学习也是如此，只要脚踏实地去学，没有掌握不了的学问。在论证了难易的辩证关系之后，作者在文章的第二段点明智愚与成败并没有必然的联系。即使天资不高，才能平庸的人，只要勤于学习，天长日久，也能有所成就；而天资聪慧的人，不学无术，最终也是平庸之辈。作者认为昏庸与聪敏是相对的，关键取决于个人的努力，再一次强调了学习中的主动性。

家国情怀

大风歌

汉·刘邦

大风起兮云飞扬，

威加海内兮归故乡，

安得猛士兮守四方！

【题解与大意】

刘邦（公元前256年—公元前195年），沛县丰邑中阳里人，汉朝开国皇帝，汉民族和汉文化伟大的开拓者之一，中国历史上杰出的政治家。

大风骤起，云彩飞扬。我平定天下后，威震四海，而荣归故乡。怎样得到猛士去守卫国家的边疆啊！首句看上去是写自然现象，其实是刘邦在回顾自己辉煌的战斗历史：十多年鞍马生涯，南征北战，军事上、政治上节节胜利，正如风卷残云，横扫千军。但是，刘邦在夺得帝位，衣锦还乡后，并没有继续沉浸在胜利后的巨大喜悦与光环之中，而且是写出内心又将面临的另一种压力：打江山难，守江山更难！这首诗歌只有三句，23字，却字字金石，掷地有声，其奋发有为之志，悲壮豪放；建功立业之心，气势磅礴；安邦忧国之虑，凝重深切。可谓壮怀激烈，感人肺腑！

次北固山下

唐·王湾

客路青山外，行舟绿水前。

潮平两岸阔，风正一帆悬。

海日生残夜，江春入旧年。

乡书何处达？归雁洛阳边。

【题解与大意】

王湾（公元693年—公元751年），号为德。洛阳（今属河南洛阳）人。唐代诗人。

当船舶停靠在北固山下时，放眼望去，春潮涌涨，江水浩渺，湖平岸阔，风顺而不猛，恰好把帆儿高悬。当残夜还未消退之时，一轮红日已从海上升起；当旧年尚未逝去，江上已呈露春意。归雁北归，必定要经过洛阳，让它带一封家书，替我问候一下家里人吧。诗中诗人借景抒情，细致地描绘了长江下游开阔秀丽的早春景色，表达了诗人对祖国山河的热爱，流露出诗人乡愁乡思的真挚情怀，也表达了诗人思念故乡和思念亲人的思想感情。"海日生残夜，江春入旧年"一句蕴含了时序变迁，新旧交替的自然规律，给人乐观、积极、向上的力量。

出塞·其二

唐·王昌龄

骝马新跨白玉鞍，战罢沙场月色寒。
城头铁鼓声犹振，匣里金刀血未干。

【题解与大意】

王昌龄（公元698年—公元756年），字少伯，河东晋阳（今山西太原）人。盛唐著名边塞诗人，有"诗家天子王江宁"之誉。

枣红马刚刚装上白玉装饰的马鞍，战士就骑着它出发了。战斗结束的时候，天已经很晚，战场上只留下寒冷的月光。城头上催战的鼓声仍在旷野上回荡，刀鞘里的钢刀血迹还没有干。这首诗描写了一场惊心动魄的战斗刚刚结束时的情景。诗人用寥寥数笔塑造了一个英姿飒爽、勇猛善战的将军形象，热情地歌颂了将士们为国杀敌立功的勇敢精神。

杂诗三首·其二

唐·王维

君自故乡来，应知故乡事。

来日绮窗前，寒梅著花未？

【题解与大意】

王维（公元701年—公元761年，一说公元699年—公元761年），字摩诘，河东蒲州（今山西运城）人，祖籍山西祁县。唐代诗人、画家，有"诗佛"之称。苏轼评价其："味摩诘之诗，诗中有画；观摩诘之画，画中有诗。"

诗中的抒情主人公，是一个久在异乡的人，忽然遇上来自故乡的旧友，首先激起的自然是强烈的乡思，是急欲了解故乡风物、人事的心情：您是刚从我们家乡来的，一定了解家乡的人情世态。请问您来的时候我家雕画花纹的窗户前，那一株腊梅花开了没有？绮窗前的"寒梅"或许是爱妻亲手栽植，或许倾听过他们夫妻二人的山盟海誓，总之，是他们爱情的见证或象征。因此，游子对它有着深刻的印象和特别的感情。他不直接说思念故乡、亲人，而对寒梅开花这一微小的却又牵动着他情怀的事物表示关切，把对故乡和妻子的思念、对往事的回忆眷恋表现得格外含蓄、浓烈、深厚。

春望

唐·杜甫

国破山河在，城春草木深。

感时花溅泪，恨别鸟惊心。

烽火连三月，家书抵万金。

白头搔更短，浑欲不胜簪。

【题解与大意】

天宝十四年（755）十一月，安禄山起兵叛唐。唐肃宗至德二年（756）春，身处沦陷区的杜甫目睹了长安城一片萧条零落的景象，百感交集，便写下了这首传诵千古的名作。国家残破而山河依旧，都城的春天竟是满目荒凉。忧国思乡，看到繁花盛开而不禁落泪，恨与亲人分别，听到鸟叫都暗自心惊。战争的烽火长久不息，盼到一封家书真是价值万金。想得头上白发越梳越少，简直连簪子都要插不住了。这首诗前四句写春日长安凄惨破败的景象，饱含着兴衰感慨；后四句写诗人挂念亲人、心系国事的情怀，充溢着凄苦哀思。全诗沉着蕴藉，真挚自然，反映了诗人热爱祖国，眷怀家人的感情。"家书抵万金"亦为流传千古之名言。

月夜忆舍弟

唐·杜甫

戍鼓断人行，边秋一雁声。

露从今夜白，月是故乡明。

有弟皆分散，无家问死生。

寄书长不达，况乃未休兵。

【题解与大意】

戍楼上沉重单调的更鼓和天边孤雁的叫声，使本来就荒凉不堪的边塞显得更加冷落沉寂。在白露节的夜晚，清露盈盈，令人顿生寒意。"月是故乡明"，明明是普天之下共一轮明月，本无差别，偏要说故乡的月亮最明，突出了作者对故乡的感怀。弟兄离散，天各一方，家已不存，无法探问其生死，平时寄书尚且常常不达，更何况战事频仍，生死茫茫当更难预料。诗的上两联信手挥写，闻戍鼓，听雁声，见寒露，也无不使作者感物伤怀，引起思念之情。下两联由望月转入抒情，在绵绵的愁思中夹杂着生离死别的焦虑不安，语气分外沉痛。整首诗表达了作者怀乡思亲的感情。"露从今夜白，月是故乡明"也成为游子表达思乡之情的名句。

邯郸冬至夜思家

唐·白居易

邯郸驿里逢冬至，抱膝灯前影伴身。

想得家中夜深坐，还应说着远行人。

【题解与大意】

白居易（公元772年－公元846年），字乐天，号"香山居士"，又号"醉吟先生"，河南新郑人，祖籍山西太原，是唐代伟大的现实主义诗人，唐代三大诗人之一。白居易与元稹共同倡导新乐府运动，世称"元白"，与刘禹锡并称"刘白"。白居易的诗歌题材广泛，形式多样，语言平易通俗，有"诗魔"和"诗王"之称。

在唐代，冬至这个日子，人们本应在家中和亲人一起欢度。如今远在邯郸的客店里，将怎样过法呢？只能抱着膝坐在孤灯前，在静夜中惟有影子相伴。这个冬至佳节，由于自己离家远行，家里人一定也过得不快乐。当自己抱膝灯前，想念家人，直想到深夜的时候，家里人大约同样还没有睡，坐在灯前，在谈论着我这个"远行人"吧！这首诗以直率质朴的语言，道出了人们常有的一种生活体验，感情真挚动人，字里行间流露着浓浓的乡愁。

江城子·密州出猎

宋·苏轼

老夫聊发少年狂，左牵黄，右擎苍，锦帽貂裘，千骑卷平冈。为报倾城随太守，亲射虎，看孙郎。

酒酣胸胆尚开张，鬓微霜，又何妨！持节云中，何日遣冯唐？会挽雕弓如满月，西北望，射天狼。

【题解与大意】

这首词通篇纵情放笔，气概豪迈，"老夫聊发少年狂"，首句就出手不凡。一个"狂"字贯穿全篇。接下去四句写出猎的雄壮场面，表现了猎者威武豪迈的气概：词人左手牵黄犬，右臂架苍鹰，好一副出猎的雄姿！随从武士个个也是"锦帽貂裘"的打猎装束。千骑奔驰，腾空越野，好一幅壮观的出猎场面！为报全城士民盛意，词人也要像当年孙权射虎一样，一显身手。

然后，进一步写词人"少年狂"的胸怀，抒发由打猎激发起来的壮志豪情。词人酒酣之后，胸胆更豪，兴致益浓，倾诉了自己的雄心壮志：年事虽高，鬓发虽白，却仍希望朝廷能像汉文帝派冯唐持节赦免魏尚一样，对自己委以重任，赴边疆抗敌。那时，他将挽弓如满月，狠狠抗击西夏和辽的侵扰。

　　这首词气势雄浑，感情奔放，境界开阔，通过描写一次出猎的壮观场面，表达了作者强国抗敌的政治主张，是一首表现苏轼豪放风格的成功之作。

满江红·写怀

宋·岳飞

怒发冲冠，凭栏处，潇潇雨歇。
抬望眼，仰天长啸，壮怀激烈。
三十功名尘与土，八千里路云和月。
莫等闲，白了少年头，空悲切。

靖康耻，犹未雪；臣子恨，何时灭？
驾长车，踏破贺兰山缺。
壮志饥餐胡虏肉，笑谈渴饮匈奴血。
待从头，收拾旧山河，朝天阙！

【题解与大意】

岳飞（公元1103年—公元1142年），字鹏举，宋相州汤阴县（今河南安阳汤阴县）人，南宋抗金名将，中国历史上著名军事家、战略家，民族英雄，位列南宋中兴四将之首。

词的上片抒发作者为国立功、满腔忠义奋发的豪气。一阵急雨刚刚停止，词人站在楼台高处，正凭栏远望。他看到那已经收复却又失掉的国土，想到了重陷水火之中的百姓，不由得"怒发冲冠""仰天长啸""壮怀激烈"。反省过去，三十多年来虽已建立一些功名，但如同尘土微不足道。展望未来，要不分阴晴，转战南北，再为收复中原而战斗。好男儿，要抓紧时间为国建功立业，不要空空将青春消磨，等年老时徒自悲切。

下片抒写作者重整河山的决心和报效君王的耿耿忠心。靖康年间的奇耻大辱（宋钦宗靖康二年即1127年，金兵攻陷汴京，徽宗、钦宗二位皇帝被金人掳走），至今也不能忘却。作为国家臣子的愤恨，何时才能泯灭！他要驾上战车，踏破贺兰山口。喝敌人的鲜血，吃敌人的肉。待到重新收复旧日山河，再带着捷报向国家报告胜利的消息。

这首词如江河直泻，曲折回荡，充分表现了中华民族不甘屈辱，奋发图强，雪耻若渴的神威，从而成为反侵略战争的名篇。

金错刀行

宋·陆游

黄金错刀白玉装，夜穿窗扉出光芒。

丈夫五十功未立，提刀独立顾八荒。

京华结交尽奇士，意气相期共生死。

千年史册耻无名，一片丹心报天子。

尔来从军天汉滨，南山晓雪玉嶙峋。

呜呼！楚虽三户能亡秦，岂有堂堂中国空无人！

【题解与大意】

这首诗借金错刀来述怀言志，全诗分三层意思。第一层从开头到"提刀独立顾八荒"，从赋咏金错刀入手，引出提刀人渴望杀敌立功的形象：黄金镀饰、白玉镶嵌的宝刀（错，为镀镶、装饰之意），在黑夜中光芒四射，竟可穿透窗户，而大丈夫已到五十岁了，建功立业的希望渺茫，只能独自提刀徘徊，环顾着四面八方。第二层从"京华结交尽奇士"到"一片丹心报天子",从提刀人推扩到"奇士"群体形象,抒发其共同的报国丹心:在京城里结交的都是些豪杰义士,彼此意气相投,相约为国战斗,同生共死。耻于不能在史册上留名;但一颗丹心始终想消灭胡虏,报效天子。第三层从"尔来从军天汉滨"到结束,联系眼前从军经历,揭明全诗题旨,表达了"中国"必胜的豪情壮志:近来在汉水边从军,每天看到的终南山顶山石嶙峋、白雪耀眼。楚国虽然被秦国蚕食,但即使剩下三户人家,也一定能消灭秦国,难道我堂堂中华大国,竟会没有一个能人,把金虏赶出边关?楚民谣"楚虽三户,亡秦必楚"虽仅八字,但深刻说明民心不会死、民力可回天这一道理。陆游基于对民心、民力的正确认识,在述志时坚信中国有人,定能完成北伐事业,其爱国精神感人至深。

诉衷情

宋·陆游

当年万里觅封侯，匹马戍梁州。关河梦断何处？尘暗旧貂裘。

胡未灭，鬓先秋，泪空流。此生谁料，心在天山，身老沧洲。

【题解与大意】

当年词人胸怀报国宏图，匹马单枪驰骋于万里疆场，想创立一番不朽的业绩。但是现在只能在梦中达成愿望，而梦醒却不知身何处，只有旧时貂裘戎装，而且已是尘封色暗。残房未扫，但两鬓已苍，这忧国之泪只是空流，谁料此生心神驰于疆场，身体却僵卧孤村。陆游的一生以抗金复国为己任，无奈请缨无路，屡遭贬黜，晚年退居山阴，有志难酬。这首词上片开头追忆作者昔日戎马疆场的意气风发，接着写当年宏愿只能在梦中实现的失望；下片抒写敌人尚未消灭而英雄却已迟暮的感叹，深层次地揭示了词人的崇高理想与残酷现实之间的矛盾和报国无门的愤懑。

破阵子·
为陈同甫赋壮词以寄之

宋·辛弃疾

醉里挑灯看剑，梦回吹角连营。八百里分麾下炙，五十弦翻塞外声。沙场秋点兵。

马作的卢飞快，弓如霹雳弦惊。了却君王天下事，赢得生前身后名。可怜白发生！

【题解与大意】

辛弃疾（公元1140年－公元1207年），字幼安，号稼轩，历城（今山东济南）人，南宋豪放派词人、将领，有"词中之龙"之称。与苏轼合称"苏辛"，与李清照并称"济南二安"。

喝醉后挑亮油灯抚视宝剑，醉梦中连营号角声声在耳。兵士们欢欣鼓舞，饱餐将军分给的烤牛肉

（八百里是指牛的名字，麾下指部下，士兵），军中奏起振奋人心的战斗乐曲。将士们排着整齐的队伍，在这秋高气爽的时节接受将军的检阅。战马像的卢马一样跑得飞快（"作"意为像；"的卢"指一种性烈的快马），弓箭像惊雷一样，震耳离弦。作者要为朝廷完成北伐金人、收复失地的大业，以赢得生前的功勋、身后的美名。可惜功名未就，头发就白了，人也老了。

辛弃疾的这首投赠之作自称"壮词"，全篇以"壮"语贯穿始终，从意义上看，前九句是一段，酣畅淋漓地描绘出一位披肝沥胆、忠贞不二、勇往直前的将军的形象，从而表现了词人的远大抱负。末一句是一段，以沉痛的慨叹，抒发了"壮志难酬"的悲愤。壮和悲，理想和现实，形成了强烈的反差。

南乡子·登京口北固亭有怀

宋·辛弃疾

何处望神州？满眼风光北固楼。千古兴亡多少事？悠悠。不尽长江滚滚流。

年少万兜鍪，坐断东南战未休。天下英雄谁敌手？曹刘。生子当如孙仲谋。

【题解与大意】

举目远望，我们的中原故土在哪里呢？所能收入眼底的就只有北固楼周遭一片美好的风光了，其弦外之音是中原已非我有了！于是，词人不禁兴起了千古兴亡之感。三国时代的孙权年纪轻轻就统率千军万马（兜鍪dōu móu：指千军万马），雄据东南一隅，奋发自强，战斗不息。"天下英雄谁是孙权的敌手呢？"作者自问又自答曰："曹刘。"唯曹操与刘备耳！曹操与孙权第一次对垒，见孙权之威严仪表，就喟叹道："生子当如孙仲谋，刘景升儿子若豚犬耳。"作者在这里引用了前半句，没有明言后半句，实际上是借曹操之口，讽刺当朝主议的那些大臣们都是刘景升儿子一类的猪狗。这首词感慨兴衰，赞美孙权，讽刺当朝，表达了对朝廷的不满，对失地难收的忧伤以及壮志难酬的不甘心。

岐阳三首·其二

金·元好问

百二关河草不横，十年戎马暗秦京。
岐阳西望无来信，陇水东流闻哭声；
野蔓有情萦战骨，残阳何意照空城！
从谁细向苍苍问，争遣蚩尤作五兵？

【题解与大意】

元好问（公元1190年—公元1257年），字裕之，号遗山，世称"遗山先生"。太原秀容（今山西忻州）人。金末至大蒙古国时期著名文学家、历史学家。

号称"百二关河"的三秦（百二关河指秦地险要，二万人足当诸侯百万人），如今已不见杂草纵横；十年的战火燃烧在这里，烽烟遮暗了旧时的秦京。西望着岐阳，全没有半点同胞的音信；东流的陇水啊，只听到一片惨痛的哭声！荒野里，缠绵的蔓草情深意厚，在悄悄萦绕着战士的尸骨；蓝天下，惨淡的残阳究竟为什么，却偏偏照射着死寂的空城？我能够从什么地方向苍天细细地责问——为何让凶残的蚩尤啊，制造这杀人的刀兵？本诗首联即描绘出战场凌乱、凄凉的景象。一个"暗"字，生动地表现了战地环境天日无光的昏暗之景。中间两联均是由"西望"生发，设想岐阳城（今陕西凤翔城）被蒙军攻破后的惨景：难民东逃，哀鸿遍野；生灵涂炭，白骨纵横；残阳如血，荒城空寂。尾联中，"五兵"指剑、矛、弓、戟、戈，是战争的工具——作者发出感叹，如果没有战争的工具，换而言之，即没有无情的战争，没有穷兵黩武的统治者和惨无人道的侵略者，该多好啊！这首诗描写了岐阳被蒙古军攻陷时人民流离失所和金兵横尸野草的惨状，表现了诗人对侵略战争的谴责和对国家和人民处于水生火热之中的悲愤和无奈。

过零丁洋

宋·文天祥

辛苦遭逢起一经，干戈寥落四周星。

山河破碎风飘絮，身世浮沉雨打萍。

惶恐滩头说惶恐，零丁洋里叹零丁。

人生自古谁无死？留取丹心照汗青。

【题解与大意】

文天祥（公元1236年—公元1283年），南宋末大臣，文学家，民族英雄。

诗人首先回顾自己的仕途和征战的经历：因科举而蒙朝廷重用（文天祥二十岁考中状元），在荒凉冷落的战争环境中已经度过了四个春秋（文天祥从1275年起兵抗元，到1278年被俘，一共四年）。破碎的山河犹如风中飘絮，动荡不安的一生就像雨打浮萍。在曾经兵败的惶恐滩头，诗人也曾为自己的命运惶恐忧虑，而今途经零丁洋又怎能不感叹自己的孤苦伶仃，无力挽救国家。自古以来，人世间谁能免于一死？只求留下一颗赤胆忠心，永远照耀在史册上。这首诗饱含沉痛悲凉，既叹国运又叹自身，把家国之恨、艰危困厄渲染到极致。最后一句"人生自古谁无死？留取丹心照汗青"，慷慨陈词，直抒胸中正气，表现出舍生取义、视死如归的坚定信念和昂扬斗志，成为千古流传的名句。

望阙台

明·戚继光

十年驱驰海色寒，孤臣于此望宸銮。

繁霜尽是心头血，洒向千峰秋叶丹。

【题解与大意】

戚继光（公元1528年—公元1588年），明朝抗倭名将，杰出的军事家、书法家、诗人、民族英雄。

该诗前两句总括诗人在苍茫海域内东征西讨的战斗生活：在大海的寒波中，同倭寇周旋已有十年之久；我站在望阙台（在今福建省福清县为戚继光自己命名的一个高台；阙指皇帝居处），遥望着京城宫阙。"寒"，既指苍茫清寒的海色，又暗寓抗倭斗争的艰难困苦。"孤臣"形容自己像远离京师孤立无援的臣子，远望皇帝居住的地方，内心仍盼抗倭斗争能得到朝廷的充分支持。后两句借景抒情，以繁霜比喻自己的鲜血。诗人保家卫国的一腔热血虽凝如繁霜，也要把这峰上的秋叶染红，表达了对祖国的赤诚，表明自己有抗倭报国的一腔热血，也蕴含了对朝廷的忠贞。

出塞

徐锡麟

军歌应唱大刀环，誓灭胡奴出玉关。
只解沙场为国死，何须马革裹尸还。

【题解与大意】

徐锡麟（公元1873年—公元1907年），字伯荪，号光汉子，浙江山阴（今绍兴）人，1904年，在上海加入光复会。1907年，和光复会员秋瑾领导了震惊中外的浙皖起义。

出征的战士应高唱着战歌，挥举大刀，要一直把清朝统治者杀到关外。作为一名战士，想到的只是为国捐躯，根本不去考虑身后事。为国捐躯，死得其所，又何必用"马革裹尸还"呢？这首诗抒发了作者义无反顾的革命激情和牺牲精神，充满了英雄主义气概，把一腔报效祖国、战死疆场的热忱发挥得淋漓尽致。

对酒

秋瑾

不惜千金买宝刀，貂裘换酒也堪豪。
一腔热血勤珍重，洒去犹能化碧涛。

【题解与大意】

秋瑾（公元1875年—公元1907年），中国女权和女学思想的倡导者，近代民主革命志士。第一批为推翻满清政权和数千年封建统治而牺牲的革命先驱，为辛亥革命做出了巨大贡献；提倡女权女学，为妇女解放运动的发展起到了巨大的推动作用。

毫不吝惜千金为了买一把宝刀，用珍贵的貂皮大衣去换酒喝也能引以为豪。满腔热血应该珍惜重视，将之泼洒出去也能化作碧血波涛。这首诗所作的背景是秋瑾在日本留学时，曾购得宝刀一把，于是有感而发，充分表现了秋瑾轻视金钱的豪侠性格和杀身成仁的革命精神。碧涛，用《庄子·外物》典："苌弘死于蜀，藏其血，三年而化为碧。"苌弘是周朝的大夫，忠于祖国，遭奸臣陷害，自杀于蜀，当时的人把他的血用石匣藏起来，三年后化为碧玉。诗人用这个典故阐明满腔的热血不能白白地流淌，应当为了崇高的革命事业抛头颅、洒热血，只有这样这辈子才算是没有白活。

沁园春·长沙

毛泽东

独立寒秋，湘江北去，橘子洲头。

看万山红遍，层林尽染；漫江碧透，百舸争流。

鹰击长空，鱼翔浅底，万类霜天竞自由。

怅寥廓，问苍茫大地，谁主沉浮？

携来百侣曾游，忆往昔峥嵘岁月稠。

恰同学少年，风华正茂；书生意气，挥斥方遒。

指点江山，激扬文字，粪土当年万户侯。

曾记否，到中流击水，浪遏飞舟？

【题解与大意】

　　这是毛泽东32岁于1925年晚秋离开故乡韶山，去广州主持农民运动讲习所，途经长沙重游橘子洲而心生感慨时所作。

　　远望群山，重重叠叠的树林点染如画；近看满江的秋水碧绿清澈，无数船只争相行驶。仰视，雄鹰在升空展翅高飞；俯看，鱼儿在江水中轻快地畅游。宇宙中的万物都在秋天里生气勃勃地自由舒展、蓬勃生长。面对这一派生机勃勃的大千世界，怎不激起万端思绪！广阔无垠的大地呀，谁才是主宰你消长兴衰命运的真正主人呢？词的上片描绘了多姿多彩、生机勃勃的湘江寒秋图，并即景抒情，提出了苍茫大地应该由谁来主宰的问题。

回想过去，就在这橘子洲上，我曾经和许多革命战友聚会、游览，度过了许多不平凡而有意义的岁月。那时候，同学们正当青春年少，意气风发，才华横溢，激情奔放，革命精神十分旺盛。经常在一起评论国家大事，写出讨恶扬善的文章，把主宰一方的军阀统治者看得如粪土一般。还记得吗？当年我们一同到江心游泳，尽管风浪巨大，连行船也很困难，但我们这些人以同汹涌的急流搏击为快乐。词的下片回忆往昔峥嵘岁月，表现了诗人和战友们为了改造旧中国英勇无畏的革命精神和壮志豪情，形象含蓄地给出了"谁主沉浮"的答案：主宰国家命运的，是以天下为己任，蔑视反动统治者，改造旧世界的革命青年。

我爱这土地

艾青

假如我是一只鸟，

我也应该用嘶哑的喉咙歌唱：

这被暴风雨所打击着的土地，

这永远汹涌着我们的悲愤的河流，

这无止息地吹刮着的激怒的风，

和那来自林间的无比温柔的黎明……

——然后我死了，

连羽毛也腐烂在土地里面。

为什么我的眼里常含泪水？

因为我对这土地爱得深沉……

【题解与大意】

艾青（公元1910年—公元1996年），浙江省金华人，中国现代诗人。

诗人把自己想象成一只小鸟，与广袤的大地形成鲜明的对比，寓意个人与国家相比，个人是渺小的，但即便如此，每个人都努力地热爱着他的国家，就如同这只小鸟一样，即便渺小，也不知疲倦地飞翔在祖国的大地上，饱含深情地唱出大地的苦难，也歌唱欢乐和黎明。"然后我死了/连羽毛也腐烂在土地里面……"即使死去也要灌溉这片土地，表达了"小鸟"对"土地"执着的爱，实际上表现了诗人对祖国大地的一片赤诚之心。这首诗运用现代诗的格律，表现了在诗人心目中个人与国家的关系，直言对祖国大地的赞美之情。

山水田园

过故人庄

唐·孟浩然

故人具鸡黍，邀我至田家。

绿树村边合，青山郭外斜。

开轩面场圃，把酒话桑麻。

待到重阳日，还来就菊花。

【题解与大意】

孟浩然（公元689年—公元740年），字浩然，襄州襄阳（今湖北襄阳）人，世称"孟襄阳"。唐代诗人，孟浩然与另一位山水田园诗人王维合称为"王孟"。

诗作首联交待了事情的缘由后，颔联即写诗人进村时所见的自然风景。准确生动地描绘了村边棵棵浓密的绿树、村外坡坡横斜的青山，为我们呈现出一幅清新鲜明的山村风景画；而且一个"合"字，一个

"斜"字，更将绿树环抱山村、青山横斜村外的神态点化出来，仿佛自然景物同山村人家融洽和谐，依依相合，洋溢着浓厚的情韵，极富亲切感和感染力。颈联写进屋后主客畅谈的情景。诗人面对窗外典型的农家风光、屋内丰盛的农家饭菜，内心怡然欢快；加上主客知交，情味相投，频频举杯对饮，声声畅谈桑麻，心境是何等畅快温暖。尾联则述他日之约，情韵深长。诗作的人情物景都融入了一片天籁之中。

积雨辋川庄作

唐·王维

积雨空林烟火迟，蒸藜炊黍饷东菑。

漠漠水田飞白鹭，阴阴夏木啭黄鹂。

山中习静观朝槿，松下清斋折露葵。

野老与人争席罢，海鸥何事更相疑。

【题解与大意】

诗的首联写田家生活，是诗人山上静观所见：正是连雨时节，天阴地湿，空气潮润，静谧的丛林上空，炊烟缓缓升起来，山下农家正烧火做饭呢。女人家蒸藜炊黍，把饭菜准备好，便提携着送往东菑——东面田头，男人们一清早就去那里劳作了。颔联写自然景色，看吧，广漠空蒙、布满积水的平畴上，白鹭翩翩起飞，意态是那样闲静潇洒；听啊，远近高低，蔚然深秀的密林中，黄鹂互相唱和，歌喉是那样甜美快活。颈联讲诗人独处空山之中，幽栖松林之下，参木槿而悟人生短暂，采露葵以供清斋素食。尾联诗人快慰地宣称：我早已去机心，绝俗念，随缘任遇，于人无碍，与世无争了，还有谁会无端地猜忌我？诗人把自己幽雅清淡的禅寂生活与辋川恬静优美的田园风光结合起来描写，创造了一个物我相惬、情景交融的意境。形象鲜明，兴味深远，表现了诗人隐居山林、脱离尘俗的闲情逸致。

把酒问月·
故人贾淳令予问之

唐·李白

青天有月来几时？我今停杯一问之。
人攀明月不可得，月行却与人相随。
皎如飞镜临丹阙，绿烟灭尽清辉发。
但见宵从海上来，宁知晓向云间没。
白兔捣药秋复春，嫦娥孤栖与谁邻？
今人不见古时月，今月曾经照古人。
古人今人若流水，共看明月皆如此。
唯愿当歌对酒时，月光长照金樽里。

【题解与大意】

　　诗人端着酒杯向月亮发问，只见月亮晚间从海上升起，哪知早晨在云间消失，究竟去了何处？月中白兔年复一年不辞辛劳地捣药，那是为什么？嫦娥仙子碧海青天孤寂独栖，有谁与她为邻？同时描绘出皎皎月轮如明镜飞升，下照宫阙，云翳（"绿烟"）散尽，清光焕发。全诗从饮酒问月开始，以邀月临酒结束，反映了人类对宇宙的困惑不解。这首诗感情饱满奔放，语言流畅自然，极富回环错综之美。诗人由酒写到月，又从月归到酒，用行云流水般的抒情方式，将明月与人生反复对照，把明月长在而人生短暂之意渲染得淋漓尽致。

登金陵凤凰台

唐·李白

凤凰台上凤凰游，凤去台空江自流。
吴宫花草埋幽径，晋代衣冠成古丘。
三山半落青天外，二水中分白鹭洲。
总为浮云能蔽日，长安不见使人愁。

【题解与大意】

　　凤凰台上曾经有凤凰来悠游，凤去台空只有江水依旧东流。吴宫鲜花芳草埋着荒凉小径，晋代多少王族已成荒冢古丘。三山云雾中隐现如落青天外，江水被白鹭洲分成两条河流。总有奸臣当道犹如浮云遮日，长安望不见心中郁闷长怀愁。全诗以寓目山河为线索，情随景生，意象谐成，把历史的典故、眼前的景物和诗人自己的感受交织在一起，抒发了忧国伤时的怀抱，意旨尤为深远。整首"登临"的内在精神，与"埋幽径""成古丘"的冷落清凉，与"三山""二水"的自然境界，与忧谗畏讥的"浮云"惆怅和不见"长安"的无奈凄凉，都被恰切的语词链条紧紧地勾连在一起，从而当得起"古今题咏，惟谪仙为绝唱"的赞誉。

绝句

唐·杜甫

迟日江山丽，春风花草香。
泥融飞燕子，沙暖睡鸳鸯。

【题解与大意】

诗一开始，就从大处着墨，描绘出在初春灿烂阳光的照耀下，浣花溪一带明净绚丽的春景。

第二句，诗人进一步以和煦的春风、初放的百花、如茵的芳草来展现明媚的大好春光。

第三句，诗人选择初春最常见也最具特征的动态景物来勾画。春暖花开，泥融土湿，秋去春归的燕子，正繁忙地飞来飞去，衔泥筑巢。

第四句是勾勒静态景物。春日融融，日丽沙暖，鸳鸯也要享受这春天的温暖，在溪边的沙洲上静睡不动。

这幅色彩鲜明的初春景物图反映了诗人经过长期的颠簸流离后，暂时得到安宁生活的畅淡心情，也是诗人对初春时节自然界的一派生机、欣欣向荣的欢愉情怀的表露。

旅夜书怀

唐·杜甫

细草微风岸，危樯独夜舟。
星垂平野阔，月涌大江流。
名岂文章著，官应老病休。
飘飘何所似，天地一沙鸥。

【题解与大意】

诗的前半描写"旅夜"的情景。

第一、二句"微风吹拂着江岸上的细草，竖着高高樯杆的小船在月夜孤独地停泊着"写近景，

第三、四句"明星低垂，平野广阔；月随波涌，大江东流"写远景。

诗的后半是"书怀"，大意是我难道是因为文章而著名，年老病多也应该休官了。自己到处漂泊像什么呢？就像天地间的一只孤零零的沙鸥。

表现出诗人心中的不平，同时揭示出政治上失意

是他飘泊、孤寂的根本原因。

全诗景情交融，景中有情。意境雄浑，气象万千。

登科后

唐·孟郊

昔日龌龊不足夸，今朝放荡思无涯。

春风得意马蹄疾，一日看尽长安花。

【题解与大意】

孟郊（公元751年—公元814年），字东野。湖州武康（今浙江德清）人，唐代著名诗人。代表作《游子吟》。有"诗囚"之称，又与贾岛齐名，人称"郊寒岛瘦"。

往昔的困顿日子再也不足一提，今日金榜题名令人神采飞扬。迎着浩荡春风得意地纵马奔驰，不知不觉中早已把长安的繁花似锦看完了。全诗不仅描绘了自己登科高中之后的得意之态，还抒发了得意之情，明朗畅达而又别有情韵。

题都城南庄

唐·崔护

去年今日此门中，人面桃花相映红。

人面不知何处去，桃花依旧笑春风。

【题解与大意】

崔护（公元772年—公元846年），字殷功，博陵（今河北定州市）人，唐代诗人。

整首诗用"人面""桃花"作为贯串线索，通过"去年"和"今日"同时同地同景而"人不同"的映照对比，把"人面桃花，物是人非"这样一个看似简单的人生经历道出了千万人都似曾有过的共同生活体验，回环往复、曲折尽致。

浪淘沙·九曲黄河万里沙

唐·刘禹锡

九曲黄河万里沙，浪淘风簸自天涯。

如今直上银河去，同到牵牛织女家。

【题解与大意】

这首绝句模仿淘金者的口吻，表明他们对淘金生涯的厌恶和对美好生活的向往。同是在河边生活，牛郎织女生活的天河恬静而优美，黄河边的淘金者却整天在风浪泥沙中讨生活。直上银河，同访牛郎织女，寄托了他们心底对宁静的田园牧歌生活的憧憬。这种浪漫的理想以豪迈的口语倾吐出来，有一种朴素无华的美。

大林寺桃花

唐·白居易

人间四月芳菲尽，山寺桃花始盛开。

长恨春归无觅处，不知转入此中来。

【题解与大意】

诗的开首"人间四月芳菲尽，山寺桃花始盛开"两句，是写诗人登山时已届孟夏，正属大地春归，芳菲落尽的时候了。但不期在高山古寺之中，又遇上了意想不到的桃花春景。从"长恨春归无觅处，不知转入此中来"一句可以得知，诗人在登临之前，就曾为春光的匆匆不驻而怨恨，而恼怒，而失望。谁知却是错怪了春，原来春并未归去，只不过像小孩子跟人捉迷藏一样，偷偷地躲到这块地方来罢了。这首诗既用桃花代替抽象的春光，把春光写得具体可感，形象美丽；还把春光拟人化，把春光写得仿佛真是有脚似的，可以转来躲去。岂只是有脚而已，看它简直还具有顽皮惹人的性格。整首诗读起来平淡自然，但构思灵巧，戏语雅趣，惹人喜爱。

白云泉

唐·白居易

天平山上白云泉，云自无心水自闲。

何必奔冲山下去，更添波浪向人间。

【题解与大意】

　　这首七绝犹如一幅线条明快简洁的淡墨山水图。移情注景，景中寓情，着意摹画白云与泉水的神态，将它人格化，使它充满生机、活力，给人一种饶有风趣的清新感。大意是太平山上的白云泉清澈可人，白云自在舒卷，泉水从容奔流。白云泉啊，你又何必冲下山去，给原本多事的人间再添波澜。诗人采取象征手法，写景寓志，以云水的逍遥自由比喻恬淡的胸怀与闲适的心情；用泉水激起的自然波浪象征社会风浪，言浅旨远，意在象外，寄托深厚，理趣盎然。

马诗二十三首·其五

唐·李贺

大漠沙如雪，燕山月似钩。

何当金络脑，快走踏清秋。

【题解与大意】

李贺（公元791年—公元817年），字长吉，唐代河南福昌（今河南洛阳宜阳县）人，家居福昌昌谷，后世称李昌谷。有"诗鬼"之称。著有《昌谷集》。李贺是中唐的浪漫主义诗人，与李白、李商隐称为"唐代三李"。有"太白仙才，长吉鬼才"之说。

《马诗》名为咏马，实际上是借物抒怀，抒发自己怀才不遇的愤慨和建功立业的抱负。"平沙万里，在月光下像铺上一层白皑皑的霜雪。连绵的燕山山岭上，一弯明月当空，如弯钩一般。何时才能给我这匹骏马佩戴上黄金打造的辔头，让我在秋天的战场上驰骋，立下功劳呢？"全诗语言明快，风格健爽。前两句写景，写适于骏马驰骋的燕山原野的景色；后两句抒情，自比为良马，期望自己受到重用，一展雄才大志。

咸阳城西楼晚眺

唐·许浑

一上高城万里愁，蒹葭杨柳似汀洲。

溪云初起日沉阁，山雨欲来风满楼。

鸟下绿芜秦苑夕，蝉鸣黄叶汉宫秋。

行人莫问当年事，故国东来渭水流。

【题解与大意】

许浑（公元791年—公元858年），字用晦（一作仲晦），唐代诗人，润州丹阳（今江苏丹阳）人。晚唐最具影响力的诗人之一，其一生不作古诗，专攻律体；题材以怀古、田园诗为佳，艺术则以偶对整密、诗律纯熟为特色。唯诗中多描写水、雨之景，后人拟之与诗圣杜甫齐名，并以"许浑千首诗，杜甫一生愁"评价之。

登上高楼万里乡愁油然而生，眼中水草杨柳就像江南汀洲。溪云突起红日落在寺阁之外，山雨未到狂风已吹满咸阳城楼。夕照下，飞鸟下落至长着绿草的秦苑中，秋蝉也在挂着黄叶的汉宫中鸣叫着。来往的过客不要问从前的事，只有渭水一如既往地向东流。全诗情景交融，景中寓情，诗人通过对景物的描写，赋予抽象的感情以形体，在呈现自然之景的同时又体现丰富的生活经验，以及对历史和现实的深刻思考。景别致而凄美，情愁苦而悲怆，意蕴藉而苍凉，境雄阔而高远，堪称晚唐登临之作的翘楚。

望江南·梳洗罢

唐·温庭筠

梳洗罢，独倚望江楼。过尽千帆皆不是，斜晖脉脉水悠悠。肠断白蘋洲。

【题解与大意】

温庭筠（约公元812年—公元866年），唐代诗人、词人。字飞卿，太原祁（今山西祁县东南）人。官终国子助教。精通音律。工诗，与李商隐齐名，时称"温李"。为"花间派"首要词人，对词的发展影响较大。在词史上，与韦庄齐名，并称"温韦"。

梳洗完毕，独自一人登上望江楼，倚靠着楼柱凝望着滔滔江面。上千艘船过去了，所盼望的人都没有出现。太阳的余晖脉脉地洒在江面上，江水慢慢地流着，思念的柔肠萦绕在那片白蘋洲上。

这首词写出了一女子登楼远眺、盼望归人的情景，表现出她从希望到失望以致最后的"肠断"的感情。

游山西村

宋·陆游

莫笑农家腊酒浑，丰年留客足鸡豚。
山重水复疑无路，柳暗花明又一村。
箫鼓追随春社近，衣冠简朴古风存。
从今若许闲乘月，拄杖无时夜叩门。

【题解与大意】

诗的首联渲染出丰收之年农村一片宁静、欢悦的气象。农家酒味虽薄，但待客情意却十分深厚；颔联诗人在山峦间漫步，蜿蜒的山径依稀难辨，正在迷惘之际，突然看见前面花明柳暗，几间农家茅舍隐现于花木扶疏之间，诗人顿觉豁然开朗；颈联描摹了南宋初年的农村风俗画卷；尾联写明月高悬，整个大地笼罩在一片淡淡的清光中，给春社过后的村庄铺上了一层静谧的色彩，别有一番情趣。但愿以后能挂杖乘月，轻叩柴扉，与老农亲切絮语，不亦乐乎？诗中"山重水复疑无路，柳暗花明又一村"既写出山西村山环水绕，花团锦簇，春光无限，它又富于哲理，表现了人生变化发展的某种规律性：不论前路多么难行难辨，只要坚定信念，勇于开拓，人生就能"绝处逢生"。

浣溪沙·渔父

宋·苏轼

西塞山边白鹭飞，散花洲外片帆微。桃花流水鳜鱼肥。

自庇一身青箬笠，相随到处绿蓑衣。斜风细雨不须归。

【题解与大意】

上片写黄州、黄石一带山光水色和田园风味。三幅画面组缀成色彩斑斓的乡村长卷。"西塞山"配上"白鹭飞"，"桃花流水"配上"鳜鱼肥"，"散花洲"配上"片帆微"。这就是从船行的角度自右至左依次排列为山—水—洲的画卷。静中有动，动中有静。青、蓝、绿配上白、白、白，即青山、蓝水、绿洲配上白鹭、白鱼、白帆，构成一种素雅恬淡的田园生活图，这是长江中游黄州、黄石一带特有的田园春光。"自庇一身青箬笠，相随到处绿蓑衣"，勾画出了一个典型的渔翁形象。"斜风细雨不须归"，描绘着"一蓑烟雨任平生"的乐而忘归的田园生活情调。下片还是采用"青"（箬笠）、"绿"（蓑衣）与白（雨）的色调相配，烘托出了苏轼此时的淡泊明志、宁静致远。

卜算子·我住长江头

宋·李之仪

我住长江头，君住长江尾。日日思君不见君，共饮长江水。

此水几时休，此恨何时已。只愿君心似我心，定不负相思意。

【题解与大意】

李之仪（公元1038年—公元1117年），北宋词人。字端叔，自号姑溪居士、姑溪老农。沧州无棣人。

这首《卜算子》深得民歌的神情风味，明白如话，复叠回环，同时又具有文人词构思新巧、深婉含蓄的特点，可以说是一种提高和净化了的通俗词。大意是我居住在长江上游，你居住在长江下游。天天想念你却见不到你，共同喝着长江的水。长江之水，悠悠东流，不知道什么时候才能休止，自己的相思离别之恨也不知道什么时候才能停歇。只希望你的心思像我的意念一样，　就一定不会辜负这互相思念的心意。

全词以长江水为贯串始终的抒情线索，以"日日思君不见君"为主干。写出了隔绝中的永恒之爱，给人以江水长流情长的感受。新巧的构思和深婉的情思、明净的语言、复沓的句法的结合，构成了这首词特有的灵秀隽永、玲珑晶莹的风韵。

西江月·夜行黄沙道中

宋·辛弃疾

明月别枝惊鹊，清风半夜鸣蝉。稻花香里说丰年，听取蛙声一片。

七八个星天外，两三点雨山前。旧时茅店社林边，路转溪桥忽见。

【题解与大意】

这是作者贬官闲居江西时创作的一首吟咏田园风光的词。夜空晴朗，月亮悄悄升起，投下如水的月光，惊起了枝头的乌鹊；夜半时分，清风徐徐吹来，把蝉的鸣叫声也送了过来。路旁的稻田里，稻花飘香，预告着又一个丰年的到来。田里的青蛙也耐不住寂寞，阵阵叫声此起彼伏，连成一片。月光下，嗅着稻花的香味，听着蝉鸣蛙叫，轻松愉快的词人继续信步前行。抬头望空，"七八个星"挂在天边，稀稀落落，原来星星们都叫乌云给遮挡住了。突然，山前下起小雨来，"两三点雨"滴落到了词人身上。夏日的天，说变就变，也许一场倾盆大雨就会继之而来呢？他加快了脚步，赶着寻找避雨之所。从山岭小路转过弯，过了一座溪桥，就在土地庙旁的树林外，一座茅屋出现在词人眼前。高兴的他细细一看，竟然就是从前落过脚的那家小店！"社"，土地庙附近的树林。

此词着意描写黄沙岭的夜景：明月清风，疏星稀雨，鹊惊蝉鸣，稻花飘香，蛙声一片。全词从视觉、听觉和嗅觉三方面抒写夏夜的山村风光，情景交融，优美如画，恬静自然，生动逼真，是宋词中以农村生活为题材的佳作。

天净沙·秋

元·白朴

孤村落日残霞，轻烟老树寒鸦，一点飞鸿影下。青山绿水，白草红叶黄花。

【题解与大意】

白朴（公元1226年—公元1306年）原名恒，字仁甫，后改名朴，字太素，号兰谷。祖籍隩州（今山西河曲附近），后徙居真定（今河北正定县），晚岁寓居金陵（今南京市），终身未仕。他是元代著名的文学家、曲作家、杂剧家，与关汉卿、马致远、郑光祖合称为"元曲四大家"。

太阳渐渐西沉，已衔着西山了，天边的晚霞也逐渐开始消散，只残留有几分黯淡的色彩，映照着远处安静的村庄是多么的孤寂，拖出那长长的影子。雾淡淡飘起，几只乌黑的乌鸦栖息在佝偻的老树上，远处的一只大雁飞掠而下，划过天际。山清水秀；霜白的小草、火红的枫叶、金黄的花朵，在风中一齐摇曳着，颜色几尽妖艳。此曲开篇先绘出了一幅秋日黄昏图，营造出一种宁静、寂寥的氛围，再以名词并列组合的形式，选取典型的秋天景物，由远及近，描绘出一幅色彩绚丽的秋景图。秋景也由先前的萧瑟、寂寥变为明朗、清丽了。

春日

宋·朱熹

胜日寻芳泗水滨，无边光景一时新。
等闲识得东风面，万紫千红总是春。

【题解与大意】

风和日丽游春在泗水之滨，无边无际的风光焕然
一新。谁都可以看出春天的面貌，百花开放、万紫千
红，到处都是春天的景致。这是一首寓理趣于形象之
中的哲理诗，诗中的"泗水"是暗指孔门，因为春秋
时孔子曾在洙、泗之间弦歌讲学，教授弟子。因此，
所谓"寻芳"即是指求圣人之道。"万紫千红"喻孔
学的丰富多彩。诗人将圣人之道比作催发生机、点燃
万物的春风。

出郊

明·杨慎

高田如楼梯，平田如棋局。
白鹭忽飞来，点破秧针绿。

【题解与大意】

　　杨慎（公元1488年—公元1559年）字用修，号升庵，明代文学家，明代三大才子之首。

　　这首小诗写的是春日郊外水田的景色，勾画了南方山乡春天田野的秀丽景色，诗中有画，静中有动。全诗用极其浅显而流畅的语言，捕捉了西南山乡水田的典型春色意象。在一坡坡修整得非常精致的梯田旁，有一片片棋盘般的平整水田，犹如一望无际的绿色地毯。偶尔有白鹭飞来止息，点破如针芒般的绿色秧田，留下洁白的身影。古代诗人、画家常以鹭鸶喻乡思情绪，这是诗人浓郁思乡之情的写照。

村居

清·高鼎

草长莺飞二月天，拂堤杨柳醉春烟。

儿童散学归来早，忙趁东风放纸鸢。

【题解与大意】

高鼎，字象一，又字拙吾，仁和（今浙江省杭州市）人，清代后期诗人。

这首诗前两联生动地描写了春天时的大自然，写出了春日农村特有的明媚、迷人的景色。早春二月，小草长出了嫩绿的芽儿，黄莺在天上飞着，欢快地歌唱。杨柳披着长长的绿枝条，随风摆动，好像在轻轻地抚摸着堤岸。在水泽和草木间蒸发的水汽，如同烟雾般凝集着。杨柳似乎都陶醉在这浓丽的景色中。后两联描述了一群活泼的儿童在大好的春光里放风筝的生动情景。孩子们放学早，趁着刮起的东风，放起了风筝。儿童正处在人生早春,一路欢声笑语,兴致勃勃地放风筝,使春天更加生机勃勃,富有朝气。这首诗动静结合,落笔明朗,用词洗练。全诗洋溢着欢快的情绪,字里行间透出了诗人对春天来临的喜悦和赞美。

常理举要

居家
在校
处世
聚餐
出门
访人
会客
旅行
对众
馈赠
庆吊
称呼

居家

一、为人子不晚起，衣被自己整理，晨昏必定省。

二、为人子坐不中席，行不中道。

三、为人子出必告，返必面。

四、长者与物，须两手奉接。

五、徐行后长，不疾行先长。

六、长者立不可坐，长者来必起立。

七、不在长者座前踱来踱去。

八、立不中门，过门不践门限。

九、立不一足跛，坐勿展脚如箕，睡眠不仰不伏，右卧如弓。

十、同桌吃饭不另备美食独啖。

十一、不挑剔食之美恶。

十二、食时不叹，不训斥子弟。

在校

一、升降国旗及唱国歌、校歌时，肃立示敬。

二、师长上下课时，起立致敬。

三、向师长质疑问难，必起立。

四、路遇师长，肃立道旁致敬。

五、听讲时，应端坐或直立；不支颐交股，弯腰，翘足。

六、考试时，不交头接耳，或左顾右盼。

七、安其学而亲其师，乐其友而信其道。

处世

一、无道人之短，无说己之长。

二、家庭之事，不可向外人言。

三、口为祸福之门，话要经一番考虑再说。见失意人，不说得意语；见老年人，不说衰丧话。

四、交浅不可言深，绝交不出恶声。

五、不侮辱人，不向人开玩笑。

六、与残疾人会面，须格外恭敬。

七、于肩挑小贩苦力，莫讨便宜。

八、施恩求忘，受恩必报；开罪于人须求解，开罪于我应加恕。

九、善人自当亲近，须要久敬；恶人自当敬而远之。

十、遇事要镇静，做不到的事，莫妄逞能。

十一、瓜田不纳履，李下不整冠。

十二、凡事要合理智，不可偏重感情。

十三、己所不欲，勿施于人。

十四、凡求教他人的事，必须造门请问。

聚餐

一、座有次序，上座必让长者。

二、入座后不横肱，不伸足。

三、主先举杯敬客，客致谢辞。

四、主人亲自烹调，须向主人礼谢后食。

五、主人敬酒毕，正客须回敬主人。

六、举箸匙，必请大家同举。

七、用箸夹菜，只取向己之一方者，不立起向他角器中取菜。

八、箸匙不向碗盘顶心取菜取汤。

九、公食之器，不用己箸翻搅。

十、匙有余沥必倾尽，方再入公食器中。

十一、自己碗中之肴菜，不可返回公器中。

十二、箸匙所取肴菜，不倍于他人。

十三、食勿响舌，咽勿鸣喉。

十四、公食以不言为原则，须言亦应避免唾沫入公器中。

十五、咳嗽必转身向后。

十六、勿叱狗，不投骨于狗。

十七、碗中不留饭粒。

十八、不对人剔牙齿。

十九、客食未毕，主人不先起。

二十、起席，主逊言慢待，客称谢。

二一、宴毕，主人进巾进茶。

出门

一、衣冠不求华美，惟须整洁。

二、见长者，必趋致敬。

三、登高不呼，不指，不招呼。

四、路上不吸烟，不嚼食物，不歌唱。

五、乘车见长者必下，见幼者亦须与之颔首为礼。

六、夜必归家，因事不能归时，必先告家人。

七、车马繁杂场所，不招呼敬礼。

八、不立在路上久谈。

九、不走马路中间，越路须先向左右看清，不可与汽车争路。

十、行走时，步履宜稳重，并宜张胸闭口，目向前视。

十一、遇妇女老弱，应尽先让路让座。

十二、途次有人问路，须详为指示；问路于人，须随即称谢。

十三、一人不入古庙，两人不看深井。

十四、逢桥先下马，过渡莫争船。

十五、在舟车上或飞机上，不探首或伸手出窗，并不得随便涕痰。

访人

一、先立外轻轻扣门，主人让入方入。

二、入内有他客，主人为介绍，须一一为礼，辞出时亦如之。

三、入内见有他客，不可久坐；有事，须请主人另至他所述说。

四、坐谈时见有他客来，即辞出。

五、坐立必正，不倾听，不哗笑。

六、不携一切动物上堂。

七、主人室内之信件文书，概不取看。

八、谈话应答必顾望。

九、将上堂，声必扬。

十、户开亦开，户阖亦阖；有后入者，阖而勿遂。

十一、主人欠伸，或看钟表，即须辞出。

十二、饭及眠时不访客。

十三、晋谒长官尊长，应先鞠躬敬礼，然后就座；及退，亦然。

十四、与长官尊长及妇女行握手礼时，应俟其先行伸手，然后敬谨与握。

十五、访公教人员，必先问明其上班钟点，不可久坐闲谈。

十六、访客不遇，或留片，或写字登留言牌。

会客

一、见先致敬，熟客道寒暄，生客请姓字住址。

二、及门先趋，为客启阃。

三、每门必让客先行。

四、入门必为客安座。

五、室内有他客，应与介绍，先介幼于长，介卑于尊，介近于远，同伦则介前于后。

六、敬茶果先长后幼，先生后熟。

七、主人必下座，举杯让茶。

八、客去必送致敬，远方客必送至村外或路口。

九、远方客专来，须备饮食寝室，导厕所，导沐浴。

十、远方客去，必送至驿站，望车开远，始返。

旅行

一、将远行，必辞亲友，祭祖辞亲。

二、远到目的地，必先拜访有关人士。

三、归来必谒亲友，或略送土物。

四、远行之亲友辞行，必往送行，事前或赠物，或宴饯。

五、远方客来拜访，须往答拜，或设宴接风。

六、旅人归来拜，须诣回拜，或设宴洗尘。

七、受人之送行及饯别，达到所在地，须一一函谢。

八、人之接风或洗尘毕，须还席。

九、入境问禁，入国问俗，入门问讳。

十、入国不驰，入村里必下车马。

对众

一、他人正谈话，不在中间插言。

二、两人对谈，不向中间穿走。

三、不高声喧哗扰乱他人视听。

四、不横坐，不横腿，不扪脚。

五、不隔席谈话。

六、坐不掀起椅凳之后方。

七、衣帽不加于他人之衣帽上。

八、不向人喷水吐痰。

九、不向人呵欠，舒伸，嚏喷。

馈赠

一、礼尚往来，来而不往，往而不来，皆非礼也。

二、赐人不曰来取，与人不问所欲。

三、赠人物品，必谦必敬。

四、赠人物品，外必用包裹，婚丧庆寿例外。

五、平素赠物，座有他客，须避观听，远来及初晤，可不避。

六、受赠先略谦辞后受，称谢，逾日须往拜。

七、长者赐，不敢辞。

庆吊

一、参加吉礼，不谈衰丧话，不戚容，不啼泣。

二、居丧不参加吉礼，只送仪物。

三、丧服不入公门，不观吉礼。

四、贺婚在众宾前，辞不谐谑。

五、临丧不笑。

六、里有殡，不巷歌。

七、饭于丧家，酒不赭颜。

八、佩会葬徽章者，礼终即卸去，不佩带他往。

称呼

一、初见面之人问姓，曰贵姓，问名，曰台甫。自说姓曰敝姓某，说名曰草字某某。

二、有亲戚世交者，应各以其名分彼此相称。普通称人曰先生或某兄，自称曰弟。老者长者，称曰老先生，自称曰后学，或称自名。

三、称人之父曰令尊，母曰令堂。向人称自父母，曰家严，曰家慈。见朋友之父，称伯，母称伯母，自称晚或侄。

四、称人之祖，曰令祖公，祖母曰令祖太夫人。向人称自祖曰家祖。祖母曰家祖母。见人之祖父祖母，称太老伯，太伯母。自称己名即可。

五、称人之兄弟，曰令兄，曰令弟。向人称自兄弟，曰家兄舍弟。称人之姊妹，曰令姊令妹。向人称自姊妹，曰家姊舍妹。见人之兄弟，称几先生，或几兄，自称小弟。见人之姊妹，统称几姐，称自曰小弟。（书款则称侍）

六、称人之妻，曰令正或尊夫人，向人称自妻，曰拙荆或贱内。见人之妻称嫂，自称己名。（女子可自称妹）

七、女子称人之夫，曰尊府某先生，向人称自夫，曰外子。见人之夫称某先生，自以避免称呼为佳，如必要时，只称本人即可。

八、称人之子，曰令郎或公子，称人女曰令爱，或女公子。向人称自子，曰小儿，女曰小女。见人子称世兄，自称弟，称女曰世姐，自不称。

九、称人之孙及孙女，曰令孙曰令女孙。向人称自孙，及女孙，曰小孙，曰小女孙。见人之孙及女孙，称几公子几小姐。

十、称人或称自之已故上辈，统加一先字。如称人之故父母，曰令先尊令太夫人；称自之故父母，曰先严先慈之类。称人已故下辈不必另加字，只云"以前某兄"即可，称自故下辈，但加一亡字，或云以前某某亦可。

十一、称人之姑丈姑母，曰令姑丈令姑母。向人称自姑丈姑母，曰家姑丈家姑母。见人之姑丈姑母，称老先生老太太；交厚者，可称老伯及老伯母。

十二、称人之舅父舅母，曰令母舅令舅母。向人称自舅父舅母，曰家母舅家舅母。见人之舅父舅母，称谓仿前。

十三、称人之岳父岳母，曰令岳令岳母。向人称岳父母，曰家岳家岳母。见人之岳父母，称谓仿前。

十四、称人之内侄，曰令内侄。称人之甥，曰令甥。称人之婿，曰令婿。向人称自内侄，甥，婿，曰敝内侄，曰舍甥，曰小婿。

十五、称人之亲友，曰令亲曰贵友。向人称自亲友，曰舍亲敝友。

十六、称人之师，曰令师，生曰令高足。向人称自师，曰敝业师。称自生曰敝徒。自称师，曰夫子或吾师。称自曰受业，或曰门生。

十七、称人之长官，曰贵某长（院部厅局等）。称人之属员，曰贵部下或贵属。向人称自长官，曰敝某长，称自属员，曰敝同事或敝属，称其某姓某职亦可。

十八、称人之主人，曰贵上，称人之仆，曰尊纪。向人称自主人，曰敝上；称自仆，曰小价。

附说：

一、称呼一事，本甚繁杂，各地习惯，直接见面之称，尤多不同，故难备载。本编仅录其对外交际通常用者。

二、亲戚之间，称呼甚为微细，每有错一字而贻笑者。兹编本为举要，专为常用，故不详载。